人狐一家親 3

# 鏡中的祕密池

富安陽子 著
大庭賢哉 繪　謝晴 譯

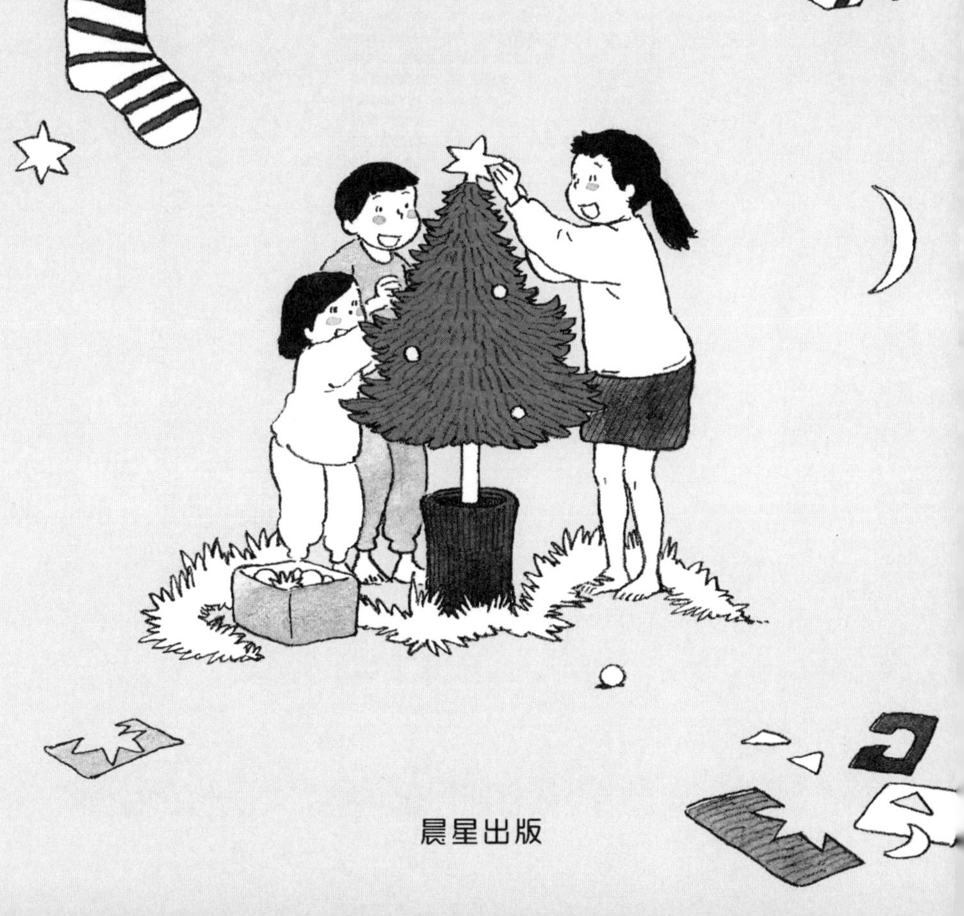

晨星出版

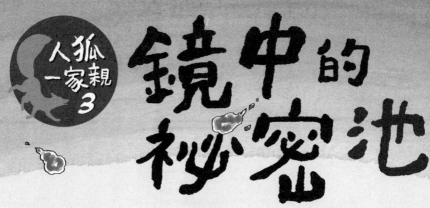

# 目錄

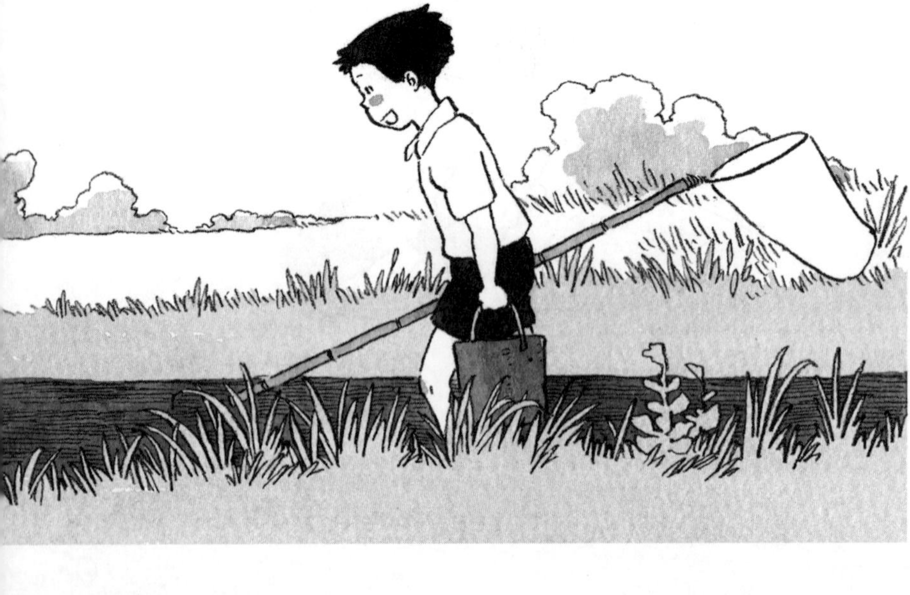

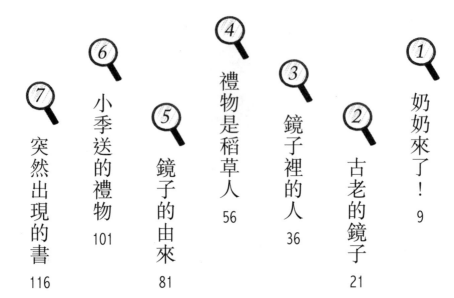

人狐一家親 3
CONTENTS

# 登場人物介紹

**●信田結**（小結）……信田家大女兒，小學五年級。能聽懂風的話，擁有「順風耳」。

**●信田匠**（小匠）……小結的弟弟，小學三年級。可以看到過去與未來，擁有「時光眼」。

**●信田萌**（小萌）……么女。能聽懂人類之外動物的話，擁有「靈魂嘴」。

**●信田幸**（媽媽）……不顧狐狸家族的反對，仍與人類爸爸結婚的可靠媽媽。

**●信田一**（爸爸）……植物學的大學教授。豁達開朗又溫柔。全狐狸家族都視他為眼中釘。

**●信田壽**（奶奶）……爸爸的母親。不知道小結的媽媽是狐狸。

**●鬼丸**（鬼丸爺爺）……媽媽的父親。想看電視時，就會出現在信田家的客廳裡。

**●祝**（祝姨婆）……媽媽的阿姨。興趣是告訴別人不祥的預言。

**●夜叉丸**（夜叉丸舅舅）……媽媽的哥哥。自尊心強又吊兒郎噹，是狐狸家族裡的問題人物。

**●季**（小季）……媽媽的妹妹。變身達人。聽到小結他們叫她阿姨，就會生氣。

# 家族關係圖

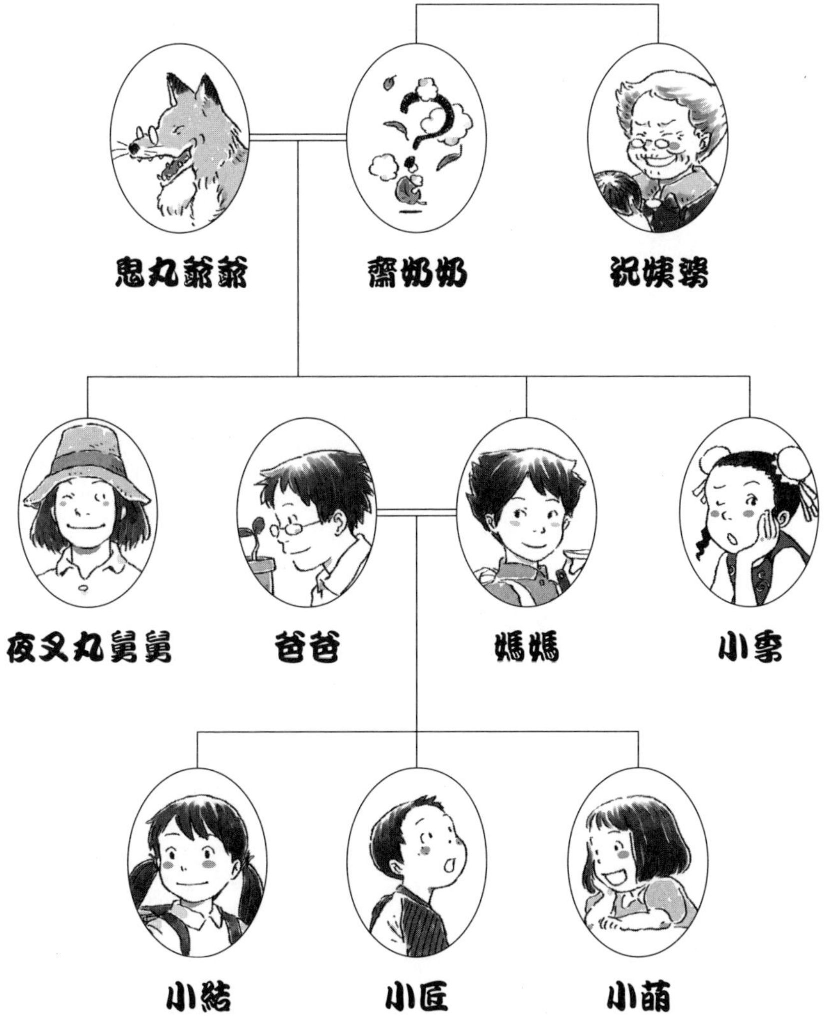
鬼丸爺爺
齋奶奶
祝姨婆
夜叉丸舅舅
爸爸
媽媽
小李
小結
小匠
小萌

# 1 奶奶來了！

「在郊外的那片空地，據說以前有一座很大的麵粉工廠，大家都叫它『美國草原』。在美國草原的角落有一個被雜草和樹木包圍的小池塘。」

開著暖氣的客廳裡，爸爸坐在沙發上，一邊喝啤酒一邊回想小時候的事，說給三個孩子聽。

在信田家，每年只要到了爸爸工作的大學放寒假，小孩也開始放寒假時，就會一起回爸爸的老家，這已經是慣例了。

回爸爸老家的車程大約四小時，那裡是有一整排低矮瓦磚屋的古老門前町[1]，就是小結的爺爺和奶奶的住所。

小結、小匠和小萌還有另一對祖父母，就是媽媽的父親與母親。小結他們還沒見過齋奶奶，也沒去過媽媽的老家，因爲媽媽出生的狐狸山是超越時空的地方，就算開車……都去不了。

小結他們的媽媽是狐狸，狐狸媽媽與人類爸爸結婚，生下了小結、小匠和小萌。齋奶奶到現在還是對媽媽結婚這件事很生氣，也從來沒去過小結他們家。

小結不知道爸爸的父母親，對於兒子的婚姻有什麼想法，因爲不能讓爺爺與奶奶知道媽媽是狐狸。

目前，門前町的爺爺和奶奶非常疼愛小結、小匠、小萌，跟媽媽也相處和睦。不過，如果看到常常出現在小結他們家的奇怪狐狸親戚，固執的爺爺與沉穩的奶奶不知道會是什麼表情……只要一想到這裡，小結就會不安起來。

雖然因為偶爾才能見到門前町的奶奶他們，會想念他們，不過，還好沒有像小結的朋友小茜一樣，爺爺、奶奶就住在隔壁的城鎮，小結覺得真是太好了。

在溫暖的客廳裡到處掛著耶誕節的吊飾，在耶誕節來臨前，每天撕下一張的倒數日曆，也宣告著寒假就快到了。

「據說從以前就有河童住在美國草原的池塘裡。」

聽到爸爸這樣說，老么小萌發出了開心的驚叫聲。小萌明明是膽小鬼，卻對鬼怪故事很著迷。

「爸爸，你看過河童嗎？」坐在爸爸腳邊地毯上的小匠探出身子問。爸爸沒有回答，只是一口氣喝光啤酒，會心一笑。

1 在神社或寺廟門前的附近形成的街區。

「這個池塘的四周長了立穗莎草、寬葉香蒲和蘆葦等植物，以及很多不常見的昆蟲，還有小鮒魚可以釣。爸爸從以前就很喜歡觀察植物和昆蟲，所以常常一個人在池塘邊玩耍。

那是跟同學一起去釣小鮒魚時發生的事。那一天，我們釣到好多魚，又玩得太快樂了，以至於沒注意到天色已經很晚，沒多久，周圍全變暗……爸爸和朋友非常驚慌，準備回家去，喊了一聲『回去了』，就拿起魚簍……」

爸爸說到這裡就停住了，緩緩地看著孩子們正在聽故事的臉。

「不見囉，抓到的那些小鮒魚，一隻不剩……」

「咦！」這一次是小匠發出的叫聲。

「是不是魚簍有破洞？」小結滿是懷疑地問爸爸，爸爸卻一臉認真地搖搖頭。

「沒有破洞啦，而且魚簍的開口也牢牢地綁著繩子，可是只有裡面的魚不見了，爸爸和朋友怕得要命，不知道是誰先大叫一聲『是河童！』，然後我們丟下空魚簍，一路跑回家。

總之，美國草原的池塘總是會發生奇怪的事情。這是在草地玩棒球的朋友跟我說的，像是敲出全壘打的球飛過頭頂掉進池塘裡，當大家要去撿球時，本來浮在池塘正中央的球就像是被誰拉一下去一樣，沉到水裡去了。然後，球再也沒有浮上來。而且還有一個傳言，說有小孩跳到池塘之後就失蹤了。

反正，大家都說那個池塘裡住了什麼東西，其中有個朋友說『我們來抓河童好了』……」

這時，安靜的客廳裡響起電話鈴聲。媽媽還沒洗好澡，在電話響了第二聲後，小結站起來接了電話。

「你好，這裡是信田家。」

「啊，小結嗎？晚安。」

這個沉穩、溫和的聲音是門前町的奶奶。

「啊……是奶奶嗎？晚安。」

「不好意思，這麼晚打電話來，大家都好嗎？」

從小在大阪長大的奶奶，直到現在還是用柔和的腔調說話。跟奶奶說話的時候，會讓原本緊繃的時間彷彿突然放慢步調，小結都會變得有點跟不上。

「啊……對，大家都很好，那個……媽媽正在洗澡，要我叫爸爸來聽電話嗎？」

「不用特地叫他來，小結幫我跟爸爸說就好了。是這樣的，我們家的舊倉庫壞掉了，爺爺想要蓋一個新的車庫，所以把倉庫整理了一下，結果找到之前阿一放在家裡的東西，今天我已經把東西寄去你們家了。」

「……我知道了，爸爸的東西會送來我們家。」

小結往沙發的方向看了一眼，並且對著電話筒點頭。

「對，對，明天應該會送到。」

「我知道了……」小結才剛說完這句話，就聽到沉穩的奶奶說出讓她大吃一驚的事。

「還有啊，關於今年寒假的事，照目前的情況看來，家裡會亂七八糟的，爺爺找了木匠來，還說順便要把緣廊的地板換新，已經天下大亂了……木匠每天進進出出的，如果你們來奶奶家，反而會覺得對你們很不好意思。所以我想今年就換我去你們家好了。」

「……？」

小結一時無法理解奶奶話裡的意思……不對，她非常瞭解奶奶說的話，或許只是不想相信。

「咦？奶奶……要來……我們家？」

小結的話就像閃電一樣打進客廳裡，爸爸差一點把啤酒灑出來，小匠則張大嘴巴，只有小萌露出充滿期待的眼神。

「是啊、是啊，我很久沒去你們家了。」

與充滿緊張氣氛的客廳正好相反，奶奶說話的聲音慢得讓人著急。

「爺爺說家裡不能沒有人，所以他會看家，只有我會去而已，就到你們家住個兩、三天。小結，妳就這樣跟爸爸媽媽說哦。關於其他細節，我會再打電話過來，晚安。」

小結就像驚嚇過度一樣，緊盯著已經斷訊的電話筒。

爸爸和小匠屏氣凝神地看著小結，就好像在期待小結說出「騙你們的，騙你們的，是在開玩笑啦」。

「欸，奶奶要來嗎？」就在小萌問這句話時，客廳的門打開了，剛洗好澡的媽媽走進客廳。

媽媽原本一臉愉快地說：「啊，洗得真舒服。」但是卻注意到小結他們不太對勁的樣子。

「怎麼啦？大家好像看到鬼一樣……」

小結突然驚醒，把緊握在手上的話筒掛回電話上，一臉認真地看著媽媽。

「媽媽，妳冷靜點，聽我說。不好了啦！寒假的時候，門前町的奶奶要來我們家……」

一瞬間，媽媽發出了彷彿倒抽一口氣的低吟聲。

爸爸把啤酒放在桌上，站起來。

「爲什麼突然想到要來我們家？好吧，我去打個電話給媽。」

「因爲爺爺說倉庫壞掉了，所以說要做一個新的車庫。」

小結把奶奶跟她說的話，快速地講給爸爸和媽媽聽。

「還要順便把緣廊的地板換新，因此奶奶家現在一團混亂，如果我們去了，會住得不舒服，奶奶反而會覺得對我們不好意思，所以今年奶奶要來我們家玩。不過，爺爺要看家，不會一起來。」

「真是的，老媽跟老爸還是一點都沒變，幹嘛到年底才要搞這種大工程？」

「他們一定是想要在過年前把它處理好吧。」媽媽安撫爸爸。

「老媽也真是的，也不問一下我們方不方便……」

「因爲我們每年都去媽那裡住啊，所以我們也不好抱怨，就偶爾讓媽來我們家玩一玩。」

「可是，媽媽！」小結忍不住插嘴。「奶奶來我家的時候，搞不好會碰見鬼丸爺爺、夜叉丸舅舅、小季和祝姨婆他們……奶奶在的時候，如果鬼丸爺爺以狐狸的樣子，突然在我們客廳的沙發上冒出來，那該怎麼辦才好？或者是，祝姨婆出現時，突然大喊『災難要來了』，奶奶又會怎麼想？」

就在這時，有如印證了小結的話，祝姨婆突然出現在客廳的中央。

祝姨婆的胸前掛了一個用黑線纏住、發出叮叮噹噹聲響的骨製項鍊，站在屋子的中央，雙手高舉，擺出她慣有的動作後，用低沉、陰森的聲音說：

「災難要來了！沒錯！大災難即將來到這個家！這場災難就快來了……是的，或許，明天就會來到你們身邊！」

祝姨婆每次都說一樣的話，大家都一臉厭煩的表情，只有小結發出「啊」的一聲。

「糟糕，我忘了說另一件事！奶奶說整理倉庫時，找到爸爸寄放的東西。奶奶要我跟你們說，明天東西應該會寄到。」

那件物品，果真在隔天送到小結他們家。

那是一個古老的鏡台，上頭放了漂亮的雙面鏡。

# 2 古老的鏡子

奶奶打電話來的隔天，媽媽下定決心，開始行動。從學校回來的小結看到媽媽在廚房用力擦通風扇，立刻恍然大悟。

「果然是因爲奶奶要來。」

「是啊。」媽媽用輕鬆的語氣說。「所以你們也要整理一下自己的房間。很久沒來我們家的奶奶難得要來，大家要讓奶奶看到好的那一面。」

「不用特別整理吧？就跟平常一樣，照平常那樣就好了啦。」

被吩咐要整理房間的小結覺得很麻煩，嘆了一口氣，媽媽皺了皺眉，擦通風扇的手更用力了。

「不要抱怨了，反正也快要大掃除，如果現在認真打掃，年底就會比較輕鬆，不是嗎？好了，好了，吃完點心，就開始行動。我會給妳垃圾袋，妳跟小匠先把成堆的影印紙和亂七八糟的東西整理一下。」

「咦……」這個時候，坐在沙發上的小結注意到放在和室裡、看不出是什麼的東西，疑惑地問：「那個是什麼？」

「媽媽，那個是什麼？蓋著布的東西。」

在廚房專心擦通風扇的媽媽，終於轉過頭來。

「那個是……奶奶寄給爸爸的東西，早上送到的。」

媽媽一邊脫掉塑膠手套一邊走到客廳裡，與小結一起往和室裡看，滿臉疑惑。

「真奇怪！怎麼看都像是鏡台。」

「鏡台？就是媽媽化妝用的那種鏡台？這是奶奶寄來要給爸爸的東西？」

那個東西蓋著布，在布的下面露出塗上黑色膠漆的木腳。

「我想可能是搞錯了，就擺著沒管它……因爲送鏡台來給爸爸……」

小結也贊同媽媽的意見。每天早上，爸爸都是一頭睡得亂七八糟的頭髮，就算像雞冠那樣豎起來，他也不在意，爸爸應該不需要鏡台吧。

「奶奶是不是弄錯了？送錯東西了。」

「媽媽也是這樣想……不過，這個鏡台好像很古老，也很漂亮。我有掀開布蓋看了一下，鏡台上面放的雙面鏡是做工十分細緻的東西呢。說不定是很具意義的紀念品，反正等爸爸回來再問他，或許又會有有趣的故事可以聽。」

不過，那天晚上從大學下班回來的爸爸，看到奶奶送來的東西後，比任何人都還要疑惑。

「鏡子？完全沒想到。這是放在倉庫裡的舊東西嗎？而且還送來給我，好奇怪啊……不過，奶奶是說我寄放在那裡的東西找到了，對不對？」

被爸爸一問，小結陷入沉思。

「嗯。奶奶是這樣說的……整理倉庫時，找到阿一以前寄放的東西，這樣……」

「真是的，是不是弄錯了……我完全不記得我有寄放過鏡子這種東西。總之，我來打電話給老媽，也得問問她要來我們家的事才行。」

爸爸說完後，在大家的注視下，撥打了門前町的家裡電話號碼。

「喂。」沒多久電話接通了，電話那頭傳來爺爺的聲音，小結、小匠、小萌和媽媽屏息不出聲。

「啊，爸爸，好久不見。是。是。那些工程好像很麻煩。媽媽在嗎？」

在短暫的沉默後，爸爸大喊道：「什麼！已經來我們這裡了？什麼時候？什麼時候會到我們這裡？」

媽媽和小結不由自主地站起來！

「啊……什麼？原來是這樣……」

爸爸焦慮不已，卻還是對媽媽和小結使眼色，要她們不要緊張。

「要去朋友家住兩個晚上，然後再來我們家？也就是說後天會到？後天中午過後會到，是嗎？爸，這個計畫應該早一點告訴我們吧，媽之前都沒說……」

爸爸的話讓媽媽鬆了一口氣，至少奶奶在來他們家之前會先去朋友家。

「啊？什麼？沒有，什麼都沒跟我說耶，到底發生什麼事？」

爸爸在跟爺爺說話時，小結拚命克制想使用「順風耳」的能力，偷聽爸爸和爺爺說話的內容。

只要集中精神，使用狐狸一族的能力，小結就可以毫不費力地聽到在電話那頭爺爺的聲音。

不過，媽媽常跟小結說「用順風耳偷聽別人說話是很卑鄙的事，絕對不可以這樣做」。所以，小結非常努力忍耐，焦急地等待爸爸跟爺爺講完電話。

「爸爸也要多注意身體，等媽媽到我們家後，我會再打電話過去。」

爸爸終於講完電話了，全家人的視線集中在爸爸身上。

「我知道了！」爸爸高聲宣布。

「知道什麼?那個鏡子的事嗎?」首先發問的是小結。

「不是,那個我還不知道,爺爺不知道奶奶送東西過來這件事,也不記得有這個鏡子和鏡台,只能等到後天奶奶來的時候,再解開這個謎了。」

「不然你知道了什麼?」媽媽問。

「我知道為什麼奶奶突然說要來我們家玩。」

「哎呀,那不是因為門前町的家要做工程嗎?」媽媽一臉不解地看著爸爸。

「是啦,是這樣沒錯,不過,因為工程的事,老媽好像跟老爸吵架了。老媽說:『都已經年底了,不要去弄那個倉庫了』,但是,老爸照例是只要想到什麼就立刻去做的個性,自顧自地去進行。」

「欸!可是奶奶完全沒有提到這件事啊!」小結驚訝地大喊。

爸爸想了一下應該怎樣說明比較好,然後就這樣解釋。

「奶奶這個人啊，從以前就是這樣，只要一不高興或生氣，絕對不會當面抱怨或說出自己的意見。不過，她絕對會記得以牙還牙。

爸爸小學的時候，有一位同學是附近寺廟人家的小孩。因爲我們住在門前町附近，所以有很多寺廟或神社家的小孩。那個小孩是滿願寺家的小孩，他叫做三島，是一個很調皮的孩子王，應該說，他把我當成眼中釘。

爸爸一個人觀察昆蟲、沉迷於書本中，那個三島就是看我不順眼。如果看我不順眼，不要理我就好了，可是爸爸在看書時，他就嘲笑我『書呆子、書呆子』；我一個人散步時，他就故意伸出腳來，總之是個討人厭的傢伙。

有一天，爸爸很珍惜的書《法布爾昆蟲記》被人亂畫了。我想在下課時看那本書，所以把書帶去學校，上完體育課回到教室時，一翻開封面，就看到用原子筆亂寫的無聊壞話。」

「好過分！」小結低聲地說，小匠也皺眉說：「好卑鄙。」

「我已經忘記被寫了什麼字，可是那本書是爸爸拜託爺爺好久，爺爺才買給我的。所以爸爸大受打擊，也很難過。」

「那是一定的啊！自己很珍惜的東西被人亂寫壞話，一定不能原諒那個人，有找到犯人嗎？」媽媽盯著爸爸問。

「沒有，雖然老師叫大家自首，結果亂畫的人還是沒有舉手。」

「這是一定的啦！」小結嘀咕說。

「會做這種事的人不可能會自己承認的！」小匠也點頭說。

「不過，爸爸知道犯人是誰。那天，除了值日生留在教室裡，只有一個人上體育課遲到，那就是三島。還有書上塗鴉的驚嘆號的形狀，怎麼看都和三島習慣寫的驚嘆號一樣。」

「爸爸怎麼做？是不是對那個傢伙說『是你做的吧』？」

爸爸有點不好意思地笑了，搔了搔鼻翼。

「如果這樣做的話，反倒會被打。而且很丟臉的是，爸爸是邊哭邊把事情講給奶奶聽的。

結果，奶奶摸摸我的頭說：『好了，好了，不要理那種卑鄙的人。這種孩子多半會說謊、騙人，老天爺都看得很清楚。像這樣的人一定會有報應的，這個世間就是這樣運作的，只要對別人做壞事，有一天自己也會嘗到苦果。會做這種事的人只是個笨蛋，不要理他就好了』。」

「所以，爸爸你就接受了?!」小結很憤慨地質問，爸爸很難爲情，一直眨眼睛。

「這應該說是接受，還是死心，還是因爲坦白跟奶奶說過之後就想開了呢……」

「如果是我，我會去打回來！」

「小萌會去咬他。」

「小結！小萌！」媽媽告誡兩位女兒。

「總之，爸爸的情緒平息了下來，之後就是奶奶給三島一點顏色瞧瞧了。」

「什麼？奶奶給三島一點顏色瞧瞧？」

太讓人驚訝了，小結不由得和媽媽面面相覷。

「從此之後，奶奶決定只要遇到三島，就會用非常可怕的眼神瞪著他。那種眼神與其說是嚇人，還不如說是像仁王像那種鐵青的臉。在學校的教學觀摩日時，或在路上遇到時，只要看到三島，奶奶一定會特地走到他前面，用非常可怕的眼神瞪他，奶奶的舉動讓我嚇了一跳。」

「沒想到奶奶這麼可怕。」

小匠聳聳肩，低聲嘀咕著。

「不是可怕，該說是有點陰險……」小結這麼說，不過，立刻又被媽媽罵了。

「總之，奶奶從以前就會做這種事。」

爸爸完全不在意小結和小匠說的話，帶著微笑繼續說。

「奶奶不會直接跟對方吵架，可是一定會用同樣的方式回敬對方。面對陰險的人，就用陰險回敬對方；面對橫行霸道的人，就用橫行霸道回敬。

所以這一次，爺爺的爲所欲爲讓奶奶很生氣，奶奶就覺得『那我也要爲所欲爲』，立刻決定了這個旅行計畫。

在朋友家住兩個晚上，在我們家住三個晚上，再和女校的同學去溫泉旅館住一個晚上，然後才回家。

在爺爺說出『這個工程已經決定了，沒辦法取消』之後，奶奶就下定決心出發了。」

「奶奶真有一套……」小結總覺得有點可笑，於是噗哧一笑，聳聳肩，和小匠對看。

「不過，大約一個星期的時間，爸爸一個人在家沒問題嗎？」媽媽有點擔心地問爸爸。

「嗯，爸爸年輕的時候，有好幾次獨自去做外派工作的經驗，應該沒問題！大概可以撐得住。」

「媽媽，媽媽……」沒辦法跟上大人話題的小萌一臉無聊，拉拉媽媽的毛衣。「媽媽，我想看那個鏡子，可以嗎？」

那個古老的鏡子與鏡台依舊蓋著布，放在和室的榻榻米上。媽媽用眼神詢問爸爸，爸爸點點頭，立刻走到鏡台前，爲小萌打開布。

就像媽媽說的，那是一對非常漂亮的鏡子。

鏡台的腳是上了黑漆的木頭組成的，還有一個抽屜，抽屜的把手做工非常精細。像是大型的桌球拍形狀的圓形雙面鏡，就放在鏡台的兩根橫木上。兩面鏡子的背面是黑色的螺鈿工藝，畫上大大的蓮花。

「好漂亮的鏡子啊……」爸爸看著雙面鏡，大爲讚美。

「真讓人驚訝，沒想到我們家的倉庫裡有這麼漂亮的東西，那個倉庫從以前就只堆放了一些雜物而已。」

站在爸爸旁邊的小萌提心吊膽地向雙面鏡伸出手。

「小萌，小心一點。」媽媽提醒她。

小萌抓起放在鏡台上的雙面鏡把手，將緊閉的雙面鏡輕輕打開。裝在鏡蓋內側，以及立在鏡台上的另一面鏡子。兩片清澈、寧靜的鏡面清晰可見。

「……哎呀？」此時，小結突然四下張望。

小萌露出不可思議的表情，一直緊盯手上的那面鏡子。

「爲什麼會這樣？我聞到水的味道……」就在小結小聲嘟囔時，小萌突然將手中的鏡子丟在榻榻米上。

子。

「啊！小萌！」媽媽嚇了一跳，伸手要去撿掉在榻榻米上的鏡子。

「爲什麼丟掉鏡子？如果破掉就糟了！」

「……有人在裡面。」鏡子掉在小萌的腳邊，她向後退後一步。

「鏡子裡有一個男生看著我們這邊。」

# 鏡子裡的人

小萌的話嚇到大家，大家都愣住了，媽媽原本要撿鏡子的手也停住了，緊盯著榻榻米上的鏡子。

「什麼都沒有啦。」

好不容易媽媽才撿起鏡子來看，小結與小匠爭先去看媽媽手中的鏡子。

圓鏡裡映照出來理所當然的風景——公寓的天花板，以及正在看著鏡子的小結與小匠的臉。

「小萌妳看，什麼都沒有哦！妳看看。」

小匠叫著躲在爸爸身後的小萌，不過，小萌更加緊抓住爸爸，固執地轉過臉。

「可是我真的看到了，是沒見過的男生哦，他也看到小萌了。」

小結突然想起可以使用一下順風耳。小結的順風耳能夠聽到風的話，那是只要稍稍專注一下就可以探索到聲音與氣味的能力。可是，小結使用了順風耳，還是什麼訊息都沒有接收到。

之前聞到水的味道，是不是弄錯了？現在就沒有聞到任何水的味道，四周只有自己家裡的熟悉味道。

「小結，怎麼了？」媽媽注意到屏氣凝神的小結，疑惑地問。

「嗯……」小結稍微縮了一下肩膀。

「沒事，剛剛小萌拿起鏡子的時候，我好像聞到水的味道，不過，好像是我弄錯了。」

「水的味道？」媽媽皺了皺眉。

「總覺得這個鏡子怪怪的。」爸爸說。

「是不是有妖怪住在裡面？」

「不會吧。」小匠回嘴說。

「門前町的奶奶爲什麼要送有妖怪的鏡子來？」

這是最合理的意見，如果是媽媽的親戚送來的禮物就另當別論。狐狸族送來的鏡子裡，就算有一隻或兩隻妖怪，也不是什麼奇怪的事。不過，門前町的爺爺和奶奶是跟妖怪完全沒關係的普通人類，怎麼想都不合理，沉穩的奶奶爲什麼要特地送給爸爸有妖怪的鏡子？

「可是，我看到了，真的有一位男生在裡面。」小萌抽抽搭搭地哭著。爸爸和媽媽爲難地對看。

「在奶奶來之前，暫時先用布好好地蓋住鏡子，不要去碰它。」爸爸一邊摸摸小萌的頭安慰她，一邊說。

「不要打開，就不會看到那位男生。小萌看到的是幻影，還是真的有妖怪住在鏡子裡，等問奶奶這面鏡子的由來之後，再來想這個問題，好嗎？奶奶一定會給我們線索的。」

小萌滿臉疑惑地看爸爸。「奶奶知道爲什麼鏡子裡會有男生在嗎？」

「嗯，這個嘛……？」

就在爸爸不知道該怎樣回答好時，小匠忍不住插嘴說道。

「小萌是膽小鬼，所以才會覺得好像看到那種東西。因爲她膽小，所以對妖怪、幽靈這種事特別敏感。」

「小萌才不是膽小鬼！」小萌又開始哭。

媽媽嘆了一口氣，把手中的鏡子放回鏡台的鏡子上，輕輕地關上鏡子。小結一邊看著媽媽用布將鏡台蓋上，一邊說。

「不過，如果鏡子裡出現的是一臉蒼白的女人，還比較有可能；

出現男生，挺奇怪的。鏡子裡住著男妖怪，有這種事嗎？」

「也是哦。」媽媽沉思了一會兒。

「雖然我不知道有沒有這種妖怪，不過，我聽說以前有『三面鏡法術』，只要使用這種法術，不管什麼東西都可以關到鏡子裡。」

「三面鏡法術？」

小結反問媽媽。

「是啊，以前，有一位很厲害的和尚使用這個三面鏡法術，將在村莊作亂的壞妖怪抓起來，把妖怪關在鏡子裡，讓妖怪再也不能出來鬧事。」

「媽媽，那剛剛小萌看到的男生，說不定也是用那種方法，被關在鏡子裡。」

小結用很害怕的眼神看著用布蓋起來的鏡台，問媽媽。

「如果是妖怪還合理，該不會是人類的男生被關在鏡子裡？這個三面鏡法術，就如同它的名字，是要使用三面鏡子的法術。奶奶送來的這個鏡子是兩面鏡啊。只有兩面鏡子是沒辦法使用三面鏡法術的。」

「這樣啊。」小結沉思著。

「真是的，奶奶爲什麼要送這個鏡子來我們家？如果不趕快問奶奶，我晚上會睡不著。」

「再忍耐一天就好了。」媽媽笑著說。

所有人的視線都集中在那個蓋著布的鏡台。古老的鏡台靜靜地放在榻榻米上，沒有任何異狀。

「啊，對了。」此時，爸爸突然大叫出聲，大家全嚇了一跳。

「在奶奶來之前，我想先跟大家商量一下！」

「什麼？商量？」

小結這樣一問，爸爸好像難以啟口一樣，不安地來回看大家。

「就是……要商量關於媽媽的親戚的事。」

大家都贊同地點點頭。

「也就是說到這種狀況，如果奶奶在我們家的時候，媽媽的哪位親戚萬一也來我們家，而且更糟的情況是，以狐狸的樣子在客廳裡出現的話……我想這樣會很麻煩。」

「豈只麻煩而已，那就完蛋了。」小匠附和爸爸。

「是不是拜託他們暫時不要來我們家比較好？」小結說出自己的想法。

「不……如果這樣說……」爸爸回答。「如果這樣跟他們說的話，他們反而會鬧彆扭，不是嗎？」

大家再次贊同地點頭。

「是啊。」媽媽一臉悲哀地看著爸爸。

「如果跟鬼丸爸爸和夜叉丸哥哥說『暫時不要來』這種話，反而會有反效果。爸爸很可能會故意帶著一打的鬼魂來我們家，做出類似這樣的事情。」

「不……總之，我不是說不要媽媽的親戚來我們家。」爸爸慌張地回看媽媽。

小結插口說話。「不過，門前町的奶奶來我們家的這段時間，如果媽媽的親戚出現，真的會有點麻煩……不然，至少不要以狐狸的樣子出現，也不可以帶鬼魂來。最好可以按對講機，從玄關進來我們家。」

在小結講完這些話時，就好像算準時間一樣，鬼丸爺爺活力十足的聲音在客廳響起。「呦，大家都在，都好嗎？」

「是爺爺耶！」小萌發出歡呼聲。

媽媽則發出痛苦的呻吟聲，爸爸嘆了一口氣。

小結與小匠看一下客廳的沙發，不由得面面相覷。鬼丸爺爺隨性地躺在沙發上，來回晃動的尾巴周圍，正好有兩個小小、藍白色的鬼魂，輕飄飄地飛來飛去。

「真是最糟糕的情況。」小匠嘀咕。

「爺爺該不會聽到我們剛剛說的話？」小結也小聲地說。

重新打起精神的爸爸朝沙發走去，向爺爺打招呼。

「爸爸，歡迎你來，你來得正是時候。」

爸爸趕緊和媽媽交換眼神，做了一次大大的深呼吸。

「是這樣的……」

「怎麼沒有打開電視？」鬼丸爺爺詢問。「我偶爾才會來你們家玩，你們讓我這個老人家開心一點不是很好嗎？只要你們有體貼心的話，就算只是做個樣子也沒關係啊。」

「小萌來開電視。」

媽媽阻止拿起電視遙控器的小萌。

「小萌，等爸爸和爺爺講完話之後，再打開電視。爸爸，在你看電視前，我們有話要跟你說，是很重要的事。」

鬼丸爺爺立刻擺出不高興的臉，金色的雙眼浮現出惡作劇的光芒，瞪著爸爸看。

爸爸下定決心，再做了一次大大的深呼吸，然後，故意咳了一聲，接著一口氣說出來。

「是這樣的，後天我媽媽要來我們家，住個幾天，這件事一定要跟爸爸你們說一下比較好……我們剛剛正在討論這件事。」

「嗯哼……」鬼丸爺爺對爸爸的話很有興趣。

「喜宴之後，就沒見過你媽媽了，她好嗎？」

「是，托你的福，她很硬朗。所以，真的很不好意思，在我媽媽來我們家的這段期間……大概三天左右……這段時間……」

「我知道了。」鬼丸爺爺突然打斷爸爸的話，點點頭。

「欸？」一瞬間爸爸說不出話來，愣愣地看著爺爺。因爲爺爺很不同於以往的表現，讓爸爸有點不知所措。

「不用再說了，你要講的事，我已經知道了。」

鬼丸爺爺悠然地晃動尾巴，表現得很從容。爺爺的尾巴指向媽媽，繼續說。

「你知道她媽媽還沒有接受你們結婚的事，她無法忍受，自己最寶貝的女兒要跟下等的人類結婚。不過，我不是這樣想的，就算對象是下等的人類，女兒的丈夫就是女婿。女婿的媽媽要來的話，那麼該有的禮貌就要有。」

「不、不……很謝謝爸爸這樣說。」爸爸雖然仍處於半發愣的狀態，不過，還是對爺爺點點頭。

鬼丸爺爺的心情越來越好，繼續說。「放心吧！在你媽媽來你們家的這三天，我一定會好好地來跟她打招呼。」

「欸？」爸爸驚訝地張大眼睛，因爲太過驚訝，以至於說不出話來，只有嘴巴一張一合的。

「爸爸，不是這樣的，我們不是希望你來打招呼……」媽媽急忙插話，不過爲時已晚。

「那麼，大家，今天我就先告辭了。爲了拜訪女婿的母親大人，我要去準備點禮物，大家再見。」

連同那兩個鬼魂，鬼丸爺爺「咻——」地一聲消失了。

「真是最糟糕的情況。」小匠重複剛剛的那句話。

「應該說是，糟透了！」小結修正小匠的話。

「爺爺怎麼回去了？我本來想跟他一起看電視的……」小萌抱怨。

「他現在一定是回到狐狸山，到處宣傳這個大消息了。」媽媽一臉疲累地說。「夜叉丸哥哥、小季妹妹、祝阿姨……大家一定都會來打招呼，打算一個一個輪流來看爸爸的媽媽。」

「都怪我說過頭了。」爸爸懊惱地嘀咕。

「不是爸爸的錯。」小結鼓勵氣餒的爸爸。

「總比他們不知道奶奶來我們家，突然跑出來好，所以我想還是有跟他們說比較好。

知道奶奶要來我們家之後，就算是爺爺，也絕對不會以狐狸的樣子出現。」

「……真的是這樣就好了。」小匠嘀咕著。

「總之……」媽媽看著大家，挺直身子。「大家只有一起度過這個危機，三天……總之，這三天大家加油吧！」

隔天，信田家過得平靜。狐狸親戚銷聲匿跡，一個也沒出現。媽媽在準備讓奶奶睡的房間，不停整理在玄關旁邊爸爸的書房。六個榻榻米大的和室，堆滿了爸爸大學工作使用的資料與書籍，叫做書房是徒有其名，其實只是堆放東西的倉庫。

放學回來的小結、小匠和小萌一起幫媽媽，將爸爸的東西搬到另一個房間，硬塞進那邊的櫃子裡，就算完工了。

「只剩下明天把客人用的棉被拿出去曬，就大功告成了。」好不容易，媽媽說了這句話，此時外面的天色已經完全暗了。

「比大掃除還要累耶。」小匠一邊說一邊跌坐在沙發上。小萌聞著從廚房飄出來的奶油燉菜香。

「媽媽，肚子餓了……」

「好、好，快要吃飯了。」

「我想在吃飯前，做好功課表。」小結想到這件事，從沙發上站起來，往客廳的門口走去，突然看到什麼，停下腳步。

「媽媽……那個是什麼？」

在廚房裡的媽媽回頭。

「什麼是什麼？」

「就是……那個鏡子的前面……怎麼弄溼了？」

大家都到和室的牆邊，往鏡台那邊看，蓋著布的鏡台前面有一灘水。

「真討厭……是誰弄溼了？」媽媽越過客廳的沙發往和室看，不禁皺了眉。

「不是我。」小結說。

「也不是小萌。」

「我今天都沒有去那邊哦。」小匠說。

媽媽沉默地走到鏡台那裡，彎下腰，用手指碰了一下水窪，滿是疑惑。

「好奇怪，這灘水好像剛剛才出現的樣子，如果是更早以前就弄溼的話，應該會滲進榻榻米裡才對。」

小結猛然一驚。

「這個味道……是水的味道……」

小結緊盯著鏡台前面的水窪，使用順風耳。

「跟昨天的一樣，我昨天果然有聞到水的味道。」

小匠不可置信地看著小結。「因爲被水弄溼了，本來就會有水的味道啊？跟昨天的一樣，什麼東西一樣？」

「這個水的味道，不是水龍頭出來的水的味道，這個味道……該怎麼說，可能是河或池塘的味道。」

「那個跟水龍頭的水有哪裡不一樣？」小匠問。

「這個水沒有消毒水的味道，可是該怎麼說呢……就是有陽光和生物的味道，昨天我只聞到一下下，所以沒有發覺，不過，這個水和水龍頭的水不一樣的。昨天，小萌一打開鏡子，我就說我聞到水的味道，對不對？那個時候聞到的味道，我就覺得怪怪的。因爲平常在廚房，或是在廁所，會聞到水的味道，是很正常的。昨天我聞到的水的味道，是跟平常聞慣的味道很不同的，果然不是我搞錯。這個水窪也是和之前那個一樣，聞起來像是池塘或河的味道。」

「可是，爲什麼鏡子前面會有河或池塘的水？是誰特地從別的地方把水弄來，故意灑在這裡？」小匠沒辦法接受小結說的事。

小結也不知道該怎麼解釋。

媽媽一邊思考一邊說：「我想應該沒有人把水灑在這裡，況且水也還沒滲進榻榻米裡，所以應該是剛剛才弄溼的，如果是這樣，我們會看到某個人來灑水，不是嗎？因爲打掃完之後，大家都在客廳。」

「那這個水是誰、在什麼時候弄的？」小匠問媽媽。

「如果沒有任何人弄的呢？」媽媽反問小匠。

「沒有人弄溼的，那爲什麼會有水？真是莫名其妙。」小匠焦躁地回答。

「不是誰弄溼的，而是從哪裡灑出來的水。」媽媽說完後，拿掉蓋在鏡台上的布。「你們看，這個布溼答答的，水是順著這個布流下來的，水就好像是從鏡子裡流出來似的。」

小結覺得背脊發涼。「爲什麼？爲什麼水會從鏡子裡流出來？」

媽媽沒有回答小結，只是看著鏡台，陷入沉思。

「媽媽，真的有住著妖怪的鏡子嗎？」小匠一臉認真地問媽媽。

「我不知道。」媽媽回答。

「到底有沒有住著妖怪的鏡子？還是這個鏡子有沒有住了妖怪？媽媽也不知道。不過，我想會發生這種奇怪的事，一定不是正常的事，這個鏡子應該不是普通的鏡子。」

「問題是，爲什麼這個鏡子放在門前町奶奶家的倉庫裡？又爲什麼奶奶要把這個鏡子送來給爸爸啊？」

小結說完後，大大地嘆了一口氣。「到頭來，還是要等奶奶來，才能解開謎題。」

# 4 禮物是稻草人

星期五放學後，小結跑著回家，她想到門前町的奶奶應該已經到了，自然而然加快腳步，等到回過神來，才發現自己吐著白氣，用盡全力跑過學校前面的道路。在通往公寓的斜坡上方，是從雲縫裡露出來的淺藍色冬天天空。北風迎面吹來，小結逆風前進，就在她要爬上斜坡時，後面傳來小匠的聲音。

「姊姊！」

小結回頭，看到小匠也是氣喘吁吁地跑上斜坡，小結停下腳步等小匠。

「奶奶已經到了吧？」小匠追上小結，一邊喘氣一邊說。小匠跟小結想的是同一件事。

「大概吧！」小結點點頭。

「應該還沒發生糟糕的事吧？鬼丸爺爺他們該不會已經出現了吧？」

「反正，我們趕快回家吧。」

小結說完，又跑了起來。兩人幾乎同時進入公寓的大廳，站在綠色的電梯門前。小結按下往上的鍵頭按鈕，電梯才優雅地、慢慢地打開門，兩人匆忙跑進電梯裡，按下五樓的按鈕。電梯慢吞吞地往上升，小結這才喘口氣，利用自己的順風耳。

電梯裡有奶奶的味道，這個是……沒錯，就是門前町奶奶家的味道。

老舊的瓦磚屋、有歷史的木頭柱子和低矮的天花板、乾燥榻榻米的味道，從緣廊吹進來的風，與在暖爐上冒著熱氣的水壺，空氣裡混合了這些味道……

每一個家都各有自己的味道，而且，住在那個家的人，身上就會有那個家的味道。就好像衣服一定會有家裡的氣味是相同的道理。

在公寓的電梯裡，飄散著奶奶身上的門前町家裡的淡淡味道。

小匠發現小結在使用順風耳，在電梯快開門前，趕緊問小結。

「有奶奶的味道嗎？」

「嗯，有。」小結點點頭。

「還有媽媽和小萌的味道，大概是小萌從幼稚園放學回到家後，就立刻去接奶奶吧。剛剛他們三個人才一起搭電梯上五樓而已……」

「太好了！」精神百倍的小匠大喊一聲，電梯門才剛打開，他立刻擠出去，衝到走廊。

「啊！好詐喔！等我啦！我剛剛都有等你耶！」小結急忙跟在小匠後面。

小匠很快地跑到玄關，用力打開門，朝屋裡大喊。「媽媽！我回來了！奶奶已經到了，對不對？」

玄關的角落整齊地擺放著一雙咖啡色的低跟淺口鞋，是奶奶的鞋子！

小結與小匠爭先脫鞋時，客廳的門打開了，小萌跑出去。

「我拿到你物了！你物！你物！」像在講貓語的小萌，手上掛了一個粉紅色、塑膠製的可愛小手提包。

「小萌！妳沒說『你們回來了』。」從客廳傳來媽媽的聲音。

「小結，小匠，回來了啊。」此時，終於看到奶奶從客廳門走出來。

「奶奶！」小結和小匠擠開小萌，跑到奶奶面前，分別拉住奶奶

的左右手。

「奶奶，歡迎妳！妳剛剛才到嗎？」應該什麼事都沒發生，小結鬆了一口氣，跟奶奶打招呼。

「我才剛喝了一杯茶。」奶奶和藹可親地對小結說，然後睜大眼睛仔細端詳兩位孫子。

「一年不見，你們長這麼大了……我已經覺得小萌長大很多，不過，小結和小匠，我真的快認不出來了。」

兩人害羞地互看對方時，從客廳傳來媽媽的聲音。

「你們剛放學回來，要先去洗手啊。趕快洗好手，再來客廳，奶奶也有好東西要給你們倆哦！」

「好棒哦！」兩人高聲歡呼，衝去洗手間。

「這個是奶奶給我的你物哦！小萌拿到你物了！」小萌從粉紅色的包包裡，拿出柔軟毛巾布質料的小兔子和小熊布偶時，小結他們也來了。

「小萌，太好了，妳有布偶耶。」小結趕忙用毛巾擦乾手，摸摸妹妹的頭。

在暖和的客廳裡，媽媽和奶奶坐在餐桌旁，正在喝第二杯茶。在桌子的角落有綁著藍色緞帶的盒子與綁著紅色緞帶的四方小盒子。

胖胖的奶奶伸手去拿點心大福，看向小結他們。

「這個是給你們的禮物，打開來看看。藍色緞帶的是給小匠，紅色緞帶的是給小結。」

「謝——謝奶奶！」小結與小匠朗聲說，兩人一邊看著大小差別很大的盒子，一邊拆開緞帶。

小萌雙手抱著粉紅色的小提包，爬上餐桌旁的椅子，興致高昂地看著他們拆盒子。

小結還在小心翼翼地拆包裝上的膠帶時，小匠已經快速地撕開包裝，拿出裡面的東西。

「哇啊！好棒哦！奶奶！謝謝妳！」

小匠拿到的是一個小型遙控潛水艇，約小匠的手掌大，是一組塑膠製的黃色潛水艇，還附有遙控器和充電器。小匠高興得歡呼。

「媽媽！妳看！好棒哦！迷你的遙控潛水艇耶！今天洗澡的時候，我要拿進去玩哦！」

「哇！好漂亮哦！」這次換在小匠旁邊的小結歡呼。包裝紙裡有一個白色的紙箱，打開箱子，裡面是一個深藍色天鵝絨的小寶石盒，打開盒子，放著一條鑲著五彩繽紛玻璃的墜子。

「這個是項鍊型的懷錶，妳壓一下鍊子側面的扣環，蓋子打開後……」

小結照著奶奶說的，用手指按了一下銀色的扣環後，蓋子就打開了，出現了一個時鐘的面板。

「奶奶……謝謝……」小結看項鍊看到出神，回過神來跟奶奶道謝。

**還是人類親戚送的禮物好，狐狸親戚送的蛇眼石什麼的，真是夠了……**

小結滿是感慨地想，流露出幸福的表情，然後，把項鍊收進天鵝絨的寶石盒子裡，輕輕地關上蓋子。

「啊！對了！」在這一刻，小結想起一件很重要的事。「媽媽！要問奶奶那個鏡子……」

小結還沒說完，就說不出話來了。

小結往媽媽那邊看過去，媽媽坐在桌子旁，而後面有通往陽台的玻璃門。小結看著那扇玻璃門，定住不動。因爲她看到在玻璃門的後面，有個人剛剛走過去。

「小結，怎麼了？」

媽媽看到小結突然沉默下來。

「你們在看什麼？」小匠也注意到小結的反應，順著小結的視線看過去。

就在這時，剛剛在陽台外走來走去的「某人」，突然朝玻璃門內探頭探腦。

「哇啊……」小匠低喊了一聲，縮起脖子，媽媽則緊閉雙眼。

幸好吃著大福的奶奶，以及看著手提包的小萌都沒有發現這個驚險的畫面。

媽媽、小結和小匠嚇到喘不過氣來，身體無法動彈，只有面面相覷，快速地用眼神交談。

**怎麼辦？怎麼辦？怎麼辦？爺爺來了！爺爺來了！鬼丸爺爺來了！**

媽媽踉蹌地站起來，椅子發出聲響。她用身體擋住奶奶的視線，往玻璃門的方向後退，所幸奶奶和小萌正在一邊看手提包裡的東西，一邊說話。媽媽終於退到玻璃門前，手伸到背後快速地拉上窗簾。奶奶抬起頭來，媽媽尷尬地傻笑，看向小匠。

「小匠……你帶奶奶去看你的房間，好不好？因為奶奶要來，所以你特別整理的很乾淨，不是嗎？還有啊，去年耶誕節奶奶送你的模型，你不是也放在房間裡嗎？也帶奶奶去看一下啊。」

「啊，啊啊……對哦，真是好主意……」小匠慌忙地吞了一下口水，作勢四下張望了一陣。

「奶……奶奶，要不要來看一下？就是……參觀一下我的房間。」

「這樣啊？好啊，我就參觀一下……」吃完大福的奶奶，用紙巾擦擦手，然後慢慢地起身。

就在三人鬆一口氣的時候，小萌天真地問：「欸？媽媽，爲什麼把窗簾拉起來了？還不是晚上啊。」

媽媽、小結和小匠吃驚地彼此互看，打算矇混小萌。

媽媽做了個大大的深呼吸，勉強開口。「因爲太陽西曬，所以我把窗簾拉起來，已經黃昏了。」

今天是陰天，根本就沒有什麼西曬，不過，媽媽還是斬釘截鐵地說，然後阻止似乎還要說什麼的小萌。

「好了，小萌也跟哥哥一起帶奶奶去參觀房間，妳可以好好地介紹哥哥和姊姊的房間嗎？」

媽媽的一句話，讓小萌立刻幹勁十足地滑下椅子。

就在小匠和小萌牽著奶奶的手走到走廊時，媽媽和小結再次對看。

「怎麼辦？爺爺已經回去了嗎？」

媽媽大大地嘆了一口氣。

「就算拜託他回去，他也不會回去。」媽媽一邊說一邊拉開客廳的窗簾，就看到鬼丸爺爺的大臉貼在玻璃上，瞪著她們。不過，所幸今天爺爺不是以狐狸的樣子出現，而是以人類的模樣出現。

媽媽似乎放棄了，拉開玻璃門，讓爺爺進來客廳。

「喂！爲什麼把窗簾拉起來？妳打算把我關在外面

嗎？」

「小聲一點！」媽媽嚴正地跟爺爺說。

「請小聲一點，爸爸為什麼突然在陽台出現？如果讓媽看到了，她會嚇一跳的。」

「妳不是常跟我說不要突然在客廳出現……如果要來你們家的話，就從入口進來，不是嗎？所以，我就從陽台這個入口正大光明地進來客廳啊，這樣又有什麼不對？」

「爺爺……」小結耐著性子說。

「要進來的話，不是從陽台那個入口，應該是玄關的那個門，這裡是五樓耶。」

爺爺生氣地瞪著小結和媽媽。「一下子說不要從這裡進來，一下子又說不要從那裡進來，真的很囉嗦，從哪裡進來真的有那麼重要嗎？」

「啊……爸爸，反正現在說這個也沒用了。」媽媽的雙手像在祈禱一樣放在胸前，看著鬼丸爺爺說。「可是，你要答應我，絕對不能在門前町的媽媽面前做出奇怪的事……還有，你回去的時候，也不能突然消失哦，就只有今天，請你一定要從玄關的門出去……」

爺爺又一臉不高興，不過，看到媽媽認真的眼神，只用鼻子冷冷地發出「哼」的一聲。

「我知道啦，我就是因爲知道不要嚇到她，所以不就特別變身成這樣嗎？」

一瞬間，媽媽和小結閉上嘴，目不轉睛地打量爺爺變身後的樣子。

「啊！鞋子！」小結突然指著爺爺的鞋子。

完美變身後的爺爺，一身藍灰色的西裝，繫著藏青色與橘色的直條紋領帶，腳上穿的也是擦得發亮的黑色皮鞋。

「快點！小結妳把鞋子拿到玄關！爸爸，快點脫下來！鞋子！」

就在一片混亂時，小結注意到小匠他們要走回客廳了。小結慌張地緊緊抱著爺爺脫下來的鞋子，想藏起來。此時，客廳的門打開了。小匠他們回到客廳，看到爺爺，全驚訝地睜大眼睛。

「啊啊！是鬼丸爺爺！」小萌興奮地大喊。

「哎呀，是幸的爸爸……」奶奶說。

小結偷偷地從三人的旁邊穿過去，走向玄關，小匠小聲地說：

「他怎麼還在？」

小結聳聳肩，靜靜地走到玄關。

「哎呀！親家母啊，真的好久不見。聽到妳要來這裡，我就想一定要來跟妳打個招呼……」鬼丸爺爺心情愉快地說。

「所以你特地過來？」奶奶的聲音聽起來有點不知所措。

媽媽語無倫次地說：「啊……不是，爸爸剛好來這一帶辦事……

想到之前聽我說媽媽要來我們家，所以才順道過來的……不好意思，實在太突然了……」

「不會、不會……好久不見，能見到真是太好了。夫人身體可好啊？」

「托妳的福，我家老太婆活蹦亂跳的，完全看不出來已經快七百歲了，前幾天啊……」

「爸爸！」媽媽突然大聲叫道，打斷爺爺說話。

「我們先去沙發坐，好不好？難得來我們家，大家不要站在客廳裡說話。媽媽，也請妳過來這裡。我再去泡茶……」

在奶奶的咖啡色低跟淺口鞋旁邊，並排放著爺爺的黑色皮鞋，小結嘆了一口氣，因爲她覺得這中間有著比日本海溝還要深的隔閡。

剛剛的幸福氣氛，徹底消失了，深深的不安感在小結心中蔓延。

**再來會變成怎樣？這三天，我們是不是能守住媽媽的祕密……**

媽媽是狐狸這件事，還有媽媽的老家狐狸山是在另一個時空，以及齋奶奶很反對狐狸媽媽和人類爸爸結婚，所以不願意見爸爸與小結他們——爲了掩飾這些複雜的事，媽媽和爸爸一起編造出一套完美的虛構故事。

根據這套虛構的故事，媽媽的老家是在奈良縣南方的大峰山山腳下，名叫天川村的地方。媽媽的爸爸……就是鬼丸爺爺在天川村經營一家叫作「陀羅尼助丸」的藥房，專門做漢方藥，今年七十六歲。至於齋奶奶則是七十二歲。

而爸爸和媽媽結婚的時候，齋奶奶突然生病住院了，所以沒辦法來參加……故事大概是這樣。

繼承藥房的是長男夜叉丸舅舅。媽媽的妹妹小季阿姨是在家鄉當小學老師，今年三十二歲……不過，小季對於這個年齡設定非常不滿，既然是要捏造的話，她希望自己的年紀是二十一歲……她常常這樣抱怨。

不只是媽媽和爸爸，小結和小匠也熟記這個虛構的設定，在跟門前町奶奶說話的時候，絕對不能露出破綻。但是，如果是鬼丸爺爺和夜叉丸舅舅，就不可能做到。

小結很擔心，這個完美的設定，這一次可能會瓦解。

在大約兩個小時的時間裡，鬼丸爺爺跟門前町奶奶聊了很多，喝了很多茶，吃了很多點心。

小結、小匠和媽媽對於爺爺說的每句話都嚇得提心吊膽，手心冒汗，為了留意他不當的發言，而搞得滿身大汗。

不過，爺爺繼續滿不在乎地這樣說：「不，雖然這樣，人類住的地方還是太窄了，不要住在這麼痛苦的地方，只要住過山上，就會覺得住在這種箱子大小的房子裡，真的太可怕了。」但是，門前町奶奶很了不起，不管鬼丸爺爺說出怎樣出人意料的話，她都可以從容不迫地附和，完全面不改色。

「是啊，真的，其實我們也很不喜歡這種公寓，好像被關在箱子裡一樣……」

「爺爺常常會帶鬼魂一起來，鬼魂還會緊跟著爺爺……」當小萌這樣說時，奶奶笑著點點頭，完全沒有驚訝的樣子。

「對啊，因爲我們門前町附近有神社和寺廟，所以聽說常可以看到墓地上有鬼魂在飛……鬼魂有藍色的、紅色的。」

「不，親家母，還有橘色的、白色的哦！」爺爺糾正奶奶，媽媽拿出新的大福請大家吃，打斷了這段談話。

就這樣，一下子意見相同，一下子意見不同，過了一段牛頭不對馬嘴的時間，當鬼丸爺爺說出「好了，我也差不多要回去了」時，小結、小匠和媽媽不知道有多開心。一聽到這句話，三個人大大地安心，一起嘆了一口氣。

「今晚你要住哪裡？」奶奶問爺爺，爺爺回答：「不，我要直接回山上。」

趁這個機會，媽媽站起來。

「那就要快一點了，爸爸，不好意思，今天不能送你到車站，那就送你到玄關吧！」

鬼丸爺爺從沙發起身，突然停下動作。

「啊，對了，對了，我有帶禮物來，差點忘了……」

小結看著正在西裝內側口袋找東西的鬼丸爺爺，有種莫名的不祥預感，或許是因爲，至今不曾從狐狸親戚那裡拿到正常的禮物。

「啊，那真是不好意思……」

就在這時，大家看到鬼丸爺爺從口袋裡拿出來的禮物，客廳裡的氣氛瞬間凝結，鴉雀無聲。

「啊……這個是要給我的？」

門前町奶奶終於開口說話，打破像鉛一樣沉重的沉默。真不愧是奶奶，直到現在，她的表情才變得有些僵硬。

「……可是……請問……這到底是什麼？」

「這個是稻草人……不過，它可不是普通的稻草人。」

鬼丸爺爺一臉得意地說明。

「它可以用來詛咒人，也可以當替身，也就是說它有兩種功用，是特別製作的稻草人哦。」

「什麼？詛咒……替身……」

奶奶緊盯著放在客廳桌上的稻草人，陷入沉思。這確實是需要好好想一想的事，收到的禮物竟然是手工做的稻草人……。

媽媽、小結和小匠不知道該說什麼才好，只是瞪大眼睛看著稻草人。

鬼丸爺爺看大家一言不發，覺得或許有必要再多做說明。

「就是啊，如果親家母有不喜歡的人，我想妳身邊一定有一、兩位這樣的人吧，任性、自私、無恥、固執己見，像這種討厭鬼……」

**這根本就是鬼丸爺爺嘛……**小結心想，不過，當然沒有說出口。

爺爺繼續說。

「對這種太過得意忘形的人，妳想要給他一點教訓的話，就使用這個稻草人。拿一根他的頭髮，把頭髮放進稻草人裡，唸妳要詛咒他的話，就完成了。至於要怎樣詛咒，就請隨意。」

爺爺對受到驚嚇的奶奶露出笑容。

小結很想立刻拔下一根爺爺的頭髮，放進稻草人裡，希望爺爺閉嘴，當然她有忍住。爺爺繼續滔滔不絕地說：「當然不只是這樣，相反的，如果親家母被人詛咒……這個世界常有這種事，不是詛咒，就是被詛咒……」

**到底是什麼時代的事？現在可不是古時候，不會常常有被詛咒這**

**種事**。小結在心裡嘀咕。

「這種時候，就要拔一根自己的頭髮，放進稻草人裡，吹一口氣，就好了。這個稻草人就會幫妳承受那個詛咒。」

最後，爺爺得意洋洋地等大家的反應，不過，沒有人有任何反應。

「這個娃娃沒有臉也沒有嘴巴耶……」小萌一邊說一邊摸稻草人的頭頂。

「謝謝你送我這麼棒的禮物。」在門前町奶奶道謝的時候，小結、小匠和媽媽感到又丟臉又著急。

裝有布娃娃的小手提包、遙控潛水艇、項鍊型懷錶的回禮，居然是詛咒用的稻草人！

鬼丸爺爺終於回去了，唯一欣慰的是，他是從玄關出去的。

玄關的門關上後，門前町的奶奶睜大眼睛看著手上的稻草人。

「真是有趣的人！給了我很不錯的禮物，我就可以用這個，在老頭子不知情的情況下，稍微教訓他一下……

對了，這個稻草人是幸的老家那裡的哪個神社還是寺廟的特產嗎？真是特別的東西啊……」

媽媽有點痛苦地大大吸了一口氣，跟奶奶點點頭。

「欸……是啊，是我們家附近的神社在賣的……」

**怎麼可能會賣詛咒用的稻草人**……小結心想，當然她沒有說出口。

## 5 鏡子的由來

當天晚上，爸爸比平常還要早下班回來。

放寒假前，爸爸工作都很忙，通常沒辦法回來吃晚餐，今天應該是因爲非常擔心，坐立難安，擔心自己不在家的時候，媽媽的真實身分是不是被發現了，還是會發生什麼事……

「你回來了，我來打擾了。」奶奶說。

「媽，歡迎歡迎，妳的氣色很好。」爸爸跟奶奶打招呼，不過，藏在眼鏡後的雙眼像在詢問狀況似地看著媽媽和小結。

媽媽回應爸爸的視線，輕輕吸了口氣，直截了當地說。

「今天我爸爸有來。」

「妳說什麼！」爸爸大叫，不過大叫之後，立刻發現自己太失態了，假裝咳嗽一聲。

「啊……真是太驚訝了……很久沒見到爸爸了，他應該多待一下的……爸爸已經回去了嗎？」

爸爸的視線在客廳裡搜尋著，不安地問。媽媽點點頭。

「對啊，他剛好到附近辦事，所以順道過來。之前我不是跟爸爸說過媽今天會來我們家？我想是因爲很久沒見了，他特地來跟媽媽打招呼……」

「打招呼……怎樣打招呼？」

爸爸越來越不安，詢問媽媽。結果門前町的奶奶代替媽媽回答。

「真的很久不見了，他還送我禮物呢。」

「什麼?!禮物!」

爸爸再次大叫，爸爸一定是立刻想到狐狸山送來我們家的各種麻煩禮物……例如：鬼魂、小龍、蛇眼石等。

大叫後的爸爸，再次發現自己失態了，又假裝咳嗽一聲。

「嗯……爸爸真用心，真是不好意思，他送妳什麼禮物？」

「稻草人。」回答的是小萌。

爸爸臉色鐵青，睜大眼睛看著小萌。

「稻……稻草人？也就是用稻草做的？」

「說是可以拿來詛咒人，爸爸，什麼是詛咒？」

「這個嘛……」

媽媽趕緊開口。

「大家都到齊了，我們來吃晚餐吧！你們猜今天晚餐吃什麼？」

小萌和小匠一起努力聞，小結老早就注意到這個香味。

「我知道了！」

小萌和小匠倆眼睛一亮，一起大叫。

「是壽喜燒吧？對不對？」

「壽喜燒！壽喜燒！小萌最愛了！」

「答對了！今天吃壽喜燒哦，好，大家要一起幫忙，幫忙擺筷子、打蛋哦！媽媽，請去餐桌那邊。」

「小萌要坐奶奶旁邊！我可以坐在奶奶旁邊嗎？」

「好、好，我現在就幫小萌把椅子搬過去。」小結笑著說。

就在這熱鬧的壽喜燒晚餐中，風波不斷的一天看來終於要平安度過了。

餐桌的中間，放在桌上型瓦斯爐上面的鐵鍋發出咕嚕咕嚕的聲音，帶有甜味的香氣四溢。

「對了，你們有問奶奶那個鏡子的事嗎？」

在吃了一陣子後，爸爸突然想起這件事。

小結和小匠突然抬起頭對看，都是因爲鬼丸爺爺出現，所以一直沒機會問奶奶關於那面鏡子的事。

「啊啊，還沒問……」小結回答後，門前町的奶奶似乎想起了什麼，點了一下頭問道。

「對啊、對啊，我也有事得問你。」

奶奶從鐵鍋裡漂亮地挾起烤豆腐，輕輕地放進裝有蛋汁的盤子裡，然後看著爸爸。

「那個鏡子送到了吧？鏡子沒有破掉，也沒有哪裡撞壞吧？」

「媽，不是那樣……」爸爸一邊挾起蒟蒻絲一邊說。

「是不是搞錯了？我從來沒看過那個鏡子，是不是別人寄放的，妳弄錯了以爲是我的？那個鏡子不是我的。」

「不，我沒有弄錯，那個是你的鏡子。」

奶奶輕鬆地笑了笑，斬釘截鐵地說。

「它放在那裡很久了，我也幾乎忘了，不過，沒有弄錯。在運送的過程中，沒有撞壞吧？」

「沒有，媽，有好好送到。」

媽媽回答，好讓奶奶安心，然後看了一眼放在和室角落的鏡子。

爸爸一口吃下泡在蛋汁裡的蒟蒻絲，一臉不解地和媽媽四目相接。

「真是太好了，如果有撞壞，就對你太不好意思了。有好好送到，我就安心了。……小萌，要吃肉嗎？」

奶奶說完後，從鐵鍋裡挾起熱呼呼的肉放進小萌的碗裡，莞爾一笑。

「那個，奶奶。」小結忍不住開口。

「可是，爲什麼那個鏡台是爸爸的？爲什麼爸爸要把鏡台寄放在奶奶家？爸爸應該用不到鏡台吧？是什麼時候寄放的？」

「不是，不是。」

面對接二連三的疑問，奶奶溫和、從容不迫地看著大家。

「這件事有點複雜，我說那個鏡子是阿一放在我們家的東西，並不是說那是阿一拿給我的，而是別人交給我的。」

爸爸終於有點聽懂奶奶的話了，不過，還是一臉不可置信的表情。

「那個鏡子是要給我的？到底是什麼時候？又是誰把鏡子交給媽的？」

「就是那個孩子啊，滿願寺的那個，記得嗎？總是欺負你的三島光明。」

「什麼？」爸爸不由得張大眼睛。

「啊？那個三島？」小結看著爸爸，立刻想起之前爸爸跟他們說過的故事。

滿願寺的三島就是在爸爸的《法布爾昆蟲記》書上亂畫的人，就是那個三島吧！

「欸？是在爸爸書上亂畫的人？」

小匠也想起那件事，驚訝地張大眼睛。

「哎呀，小匠也知道這件事啊。是啊，就是那個亂畫書的三島。已經是很久以前的事了，那時阿一還在東京念大學，那個孩子拿鏡子來我們家，說是要給阿一。」

對於奶奶說的話，大家再次驚訝地面面相覷。

不過，最驚訝的人應該是爸爸。爸爸一臉茫然，沉默地看著蛋汁裡的白蔥。過了一會兒，爸爸好不容易回過神來，知道白蔥裡不會有答案，突然轉過頭，目不轉睛地看著和室角落的鏡台。

「那個鏡子？是滿願寺的三島給我的？可是，他爲什麼要給我鏡子？

我想了半天，還是想不出原因，三島爲什麼要給我那個鏡子。首先，從國中畢業後，我再也沒有見過他了……而且我們連高中也不同校啊……爲什麼現在突然……爲什麼突然把鏡子送到媽媽那裡？」

「那間寺廟已經不在了。」

奶奶若無其事地將一口白飯送進嘴裡，乾脆地說出這句話。

「什麼？不在了？」爸爸再次驚訝地問。

「是啊，發生了很多不好的事，後來，正殿發生火災，結果就收掉了，大概是你大二或大三時的事……那座寺廟現在變成一間小超市，你很在意嗎？」

「沒有……不會。」

爸爸一臉茫然地搖頭，奶奶平穩地繼續說。

「在寺廟拆除之後，三島一家人也搬家了。聽說是搬去媽媽的娘家大阪那邊。那個孩子就是在那個時候拿鏡子來的，在處理火災後的寺廟時，他說一定要把這個鏡子送來給阿一……事情就是這樣。」

「那個三島，爲什麼要把那個鏡子送給我？」

爸爸完全摸不著頭緒，就算聽了奶奶的說明，還是一點都想不起來。

一直沒說話的媽媽，幫一頭霧水的爸爸理出一點頭緒。

「會不會是小時候，你去他家，看過這面鏡子？」

「沒有……我從來沒有去過三島家玩，我沒有無聊到特地去天敵的家裡玩。

我們是曾有一起在空地和寺廟的庭院玩過，但是，從來沒有去過彼此家玩。」

奶奶看爸爸一直想不出答案，雖然覺得很奇怪，不過，她也開始思考。

「不知道你記不記得這件事？是有點奇怪的事，那個孩子把鏡子送來我們家，說一定要給你。

我也覺得送鏡台給你很奇怪，所以有拒絕他。

他跟我說：『這個鏡子是我們家的傳家寶，是很貴重的東西，不過，因爲它有我和阿一很重要的回憶在裡面，所以希望能交給阿一』。

所以，我想你應該知道是怎麼一回事才對……」

「送這個禮物的人已經搬家了，所以沒辦法弄清楚。」小結嘟囔。

「好想知道那個人爲什麼要送這個鏡子給爸爸……」

「完全想不出來。」

爸爸說完後，嘆了一口氣。

「是很奇怪……他即將要搬家前，爲什麼偏偏要送我這個東西，我們不知道已經多久沒見了，哪有什麼充滿回憶的東西。而且我也不知道滿願寺倒了，那間寺廟不是很大嗎……？」

這時，小結從鐵鍋裡挾起來雪白的蔥給奶奶，聽到奶奶小聲地呢喃。

「這是報應……」

小結驚訝地看向奶奶，奶奶還是一本正經的樣子，若無其事地把泡在蛋汁裡的蔥吃進嘴裡。

小結總覺得有點害怕，急忙移開視線。

「小萌，討厭，那個鏡子。」

一直專心的大口大口吃著壽喜燒的小萌，突然這樣說。

「因爲裡面有一個奇怪的男生。」

大家面面相覷，奶奶也愣住了，看著小萌。

「男生？」

「嗯，是……」小萌話還沒說完，小匠趕緊插嘴。

「她又在說這個了。」

小匠彷彿受不了似的嘆一口氣，跟奶奶說。

「奶奶，妳不要當真啦，這是小萌自己編的。」

「我不是編的！是真的！」

小萌大聲叫，媽媽正要責備小萌時，奶奶開口說：「小萌說的搞不好是真的。」

「什麼？」小匠看著奶奶。

「因爲三島說是『具有回憶的東西』，我不得已，只好收下，那個鏡子是倒掉的寺廟的傳家寶，這不是很不吉利嗎？所以才想把它放在看不到的地方……於是放進倉庫裡，後來就忘記了。如果不是這一次要改建，整理倉庫，不然可能就這樣完全忘了它。

畢竟我不能收了之後，什麼都不說，所以還是送到阿一這裡，搞不好就跟小萌說的一樣，那是個被什麼東西附著的鏡子。」

奶奶說完後，突然調正姿勢，看向爸爸。

「阿一，如果你真的不知道他爲何要給你鏡子，最好不要留下它，趕快把鏡子處理掉。」

送這個鏡子到小結他們家的人，突然說出這樣的話，一瞬間，大家沉默下來，面面相覷。

就在此時，今天的最後危機，在信田家一家人面前出現了……

「災難要來了！」

正圍桌吃壽喜燒的一家人，突然聽到有人大喊不吉祥的話，全都大吃一驚，就看到客廳門前有一位奇怪的人。

「大災難即將來到這個家！」

啊啊……這一天祝姨婆的打扮，可說是有史以來最誇張的一次。

祝姨婆一定是聽說門前町的奶奶來小結他們家，所以特別精心打扮。

祝姨婆的頭頂插上五彩繽紛的羽毛，胸前掛著她最喜歡的骷髏頭項鍊，穿著有銀色蜘蛛網刺繡的黑色長袍，還披上一件閃閃發亮的金色披風，雙手捧著巨大水晶球，高舉在頭上。

祝姨婆重複説著她一貫的不吉祥預言。

「知道嗎？災難已經在你們眼前了！要注意！如果不注意，就會陷入災難裡！」

「小結！」

媽媽低聲喊。

「快把姨婆帶到走廊去！」

「O……OK！」

小結只能盡力阻擋，推著祝姨婆，打開玄關的門，不管三七二十一，就把她推到走廊上，匆忙關上門。

「妳想幹嘛！」

祝姨婆生氣地揮舞著大水晶球。

「妳怎麼可以對帶來精靈訊息的預言者這麼無禮！」

「姨婆！拜託妳！安靜一點！」

小結拚命地小聲喊。

「拜託妳，今天不要直接消失，請從玄關的門走出去！走出門之後，妳要消失也可以！」

當然奶奶沒有聽到這些話，一如往常，祝姨婆就在小結面前像陣煙似的消失不見。

驚慌失措的小結摸著胸口，深呼吸，想辦法調整好呼吸，用在客廳裡的大家都聽得到的音量，故意大聲喊。

「那就再見！下次見！」

說完後，打開沒有別人在的玄關門，接著再關上門，做出好像有人走出玄關的樣子。

然後，小結終於回到客廳，僵硬地擠出笑容，對媽媽輕輕點頭。

**放心，姨婆已經回去了……**

原本愣住不動的奶奶，終於打破沉默問道。

「剛剛……是怎麼一回事？」

這是最合理的疑問。正在吃晚餐的時候，突然有位陌生人出現在客廳裡，大喊「災難要來了」這種莫名其妙的話，不論是誰都會想知道到底是怎麼一回事。

不過，信田家所有人都不知道該怎麼回答這個最合理的疑問，只是慌張地互相對看。

「這個……就是……」爸爸說。「是鄰居啦，是吧？」

爸爸說完後，看向媽媽，跟媽媽求助。

「欸……是啊。是住在這棟公寓別樓層的太太。」

媽媽點點頭。

「……可是，那個人到底是怎麼進來的？在這個時間，也沒有打個招呼，就突然進來別人家裡……」奶奶皺起眉頭說。

「就是說啊！」

總之，媽媽先贊同奶奶的話。

「偶爾她會像這樣突然跑到家裡來，滿麻煩的。這位太太好像很喜歡占卜，有時突然有感應時，就想要立刻把那個訊息告訴別人。真的很困擾啊……」

「豈只是困擾，簡直太誇張了。」

奶奶非常生氣。

「跟公寓的管理員，還是自治會的會長反應，總要處理一下吧？」

「不用……應該不需要啦……」爸爸真心地說。

「可是……」奶奶看著遠方，是正在思考的表情。

「我總覺得我在哪看過那個人。是不是在阿一和幸的結婚典禮上，說了什麼『你們的未來有如同星星一樣繁多的災難在等著你們』，發表奇怪演說的那位親戚？」

真是不可小看奶奶的記憶力。

爸爸和媽媽倒抽了一口氣，互相對看了一眼。

「奶奶！要快點吃壽喜燒！不然會冷掉哦！」

小結拚命幫忙解圍。

「是啊！媽，壽喜燒好不容易煮乾了，大家趕快吃，趕快吃！」

爸爸說完後，率先從鍋裡挾出一堆肉，沾了蛋汁，塞進嘴裡，一臉幸福的表情。

在鍋子發出咕嚕咕嚕煮滾聲中，小結聽到奶奶小聲呢喃。

「好奇怪啊！總覺得哪裡不對勁……」

# 6 小季送的禮物

吃完晚餐，奶奶先去洗澡，大家回到各自的房間。因爲奶奶來而超興奮的小萌，說要跟奶奶一起洗澡，也要跟奶奶一起睡覺，要家人幫她把棉被搬進玄關旁邊的和室。

小結幫媽媽收拾，洗完澡後，終於回自己的房間，原本早就該上床睡覺的小匠，正坐在地板上做模型。

「拜託，在這裡做模型太窄了吧！你知道現在幾點了嗎？已經過十點了。爲什麼要現在做模型？」

「沒關係，沒關係，反正明天放假，這是我用這個月零用錢買的模型。妳看，是在Sunshine Store的耶誕特賣時買的，超便宜。明天洗澡的時候，我想把它跟奶奶給我的潛水艇一起玩。」

「你不要太過分！我要睡了啦！」小結說完後，躺進上下鋪床的下鋪，突然間，她的「順風耳」像是聽到了什麼，在吃驚之餘，她察看上下鋪的上鋪。

「小季？在那裡的是小季，對不對？」

應該沒有人在的空床鋪上，傳來焦躁的聲音。

「真是的！又是妳的順風耳！」

丟出這句話之後，說話的人出現在小結面前。

「哎呀？真的是小季！」

坐在地板上的小匠驚訝地看著出現在自己床上的小季。今晚的小季穿著金色的旗袍，在頭髮的左右兩側各綁了一個圓圓的包包頭，她

躺臥在床上，托著腮。說到每次都變換不同模樣出現的親戚，非小季莫屬。

「怎麼了？小季，爲什麼這麼晚還做這種打扮？」

小結帶著懷疑，張大眼睛看著小季，有點不安地問。

今天有鬼丸爺爺、祝姨婆來，客人已經夠多了，現在小季又出現，小結有種「拜託，別再來了」的心情。

「妳真是不可愛的小孩耶。」

小季看著小結不滿地說。

「就算我躲起來，還是我變身得再好，妳的順風耳還是可以立刻發現。」

「我就是知道嘛，有什麼辦法？先不管這個，妳爲什麼這麼晚來？有什麼急事嗎？」

小季用鼻子「哼」了一聲，笑了。

「沒什麼事，只是聽說你爸爸的媽媽來了，我想來看看她。今天我去參加中國白狐族的趴踢，所以過來就晚了點，不要看我這樣，我可是很忙的哦！」

**既然那麼忙的話，就不用特地跑來看奶奶啊……**小結心想，但沒說出口。

「對了，對了。」

小季突然想起什麼，在旗袍的胸前找半天，然後，在小結面前，張開原本緊握的右手。

「這個是禮物。」

小季的手心上放了一只小小的戒指。圓石上浮現兩個糾纏在一起黑色與白色鬼魂。

「禮物？小季要給我？」

小結好驚訝，來回看著小季的臉和她手上的戒指。今天似乎是送禮物的日子，來我們家的人都帶禮物來。

「在趴踢上玩賓果遊戲的獎品，因爲不是我喜歡的風格，所以送給妳，很漂亮吧？」

小結懷疑地看著小季，提心吊膽地從她的手心上拿起戒指。

「白狐族的賓果遊戲獎品？好棒哦！」

小匠站起來，突然想從小結的手中搶走戒指。

「不行啦！」

小結想都沒想，直接把戒指套進食指。

這個時候，小季笑了。看著戴上戒指的小結，小季揚起嘴角笑了。

「……！」

小結感到不安，打算把食指上的戒指拔下來。

結果，戴的時候輕鬆就戴上的戒指，現在卻緊緊的，一動也不

動，就算小結用盡全力拉扯，只是想讓戒指在指頭上轉動都沒辦法，戒指一寸也沒移動。

「小季！這個是什麼？拔不下來了啦！」

小結驚慌地看著在床上的小季，把戴著戒指的左手攞在小季眼前，小季露出得意的笑容。

「不要緊，不要緊，四十八個小時後，它就會自動脫落了。」

「爲什麼？這是怎麼回事？」

小結一臉愕然地看著小季。

「我原本就打算這樣做啊，知

道嗎？這是封印的戒指，戴上這個戒指的這段期間，那個人的法術就不見了。也就是說，到後天晚上之前，妳都沒辦法使用順風耳，因爲戒指的力量可以把法術封印住。妳有沒有嚇一跳啊？」

小季說完，笑得非常開心。

「爲什麼要這樣做？妳是不是討厭我？小季好過分哦！」

小結大叫。

「哎呀，說什麼討厭妳，太誇張了啦！首先，妳以前不是說過『不要順風耳』嗎，就只有兩天的時間，不能使用順風耳，也不會有什困擾，不是嗎？妳不用擔心，四十八小時過後，戒指就會自動脫落。這個戒指是賓果遊戲的第五獎獎品哦，不是什麼法力很強的東西，也沒有副作用，不會有什麼問題啦！」

「既然這樣，我才要問妳，爲什麼要做這種事？」

小結很生氣地瞪著小季，不過，小季仍是一臉若無其事的樣子。

「我只是想玩一下遊戲而已，在你們人類奶奶住在你們家的這段時間，我想要在你們奶奶面前出現一次。

不過，在你們爸爸媽媽的結婚典禮上，她見過我。我是你們媽媽的妹妹，那時，我變身成二十歲年輕少女的模樣，出席結婚典禮，現在已經過十二年了，這樣算一下，我今年就變成三十二歲了！

不過，我可是絕對不要變老喔。」

小季自顧自地說著，然後，向前往站在床下的小結和小匠那邊探出身體，裝神祕地小聲說。

「所以，這次我不要以你們媽媽的妹妹身分出現，敬請期待我會變身成什麼，以怎樣的模樣出現！

我們來玩遊戲，看妳能不能看出我的化身術，如果可以看出來，就是妳贏了！如果看不出來，就是我贏了！

所以爲了要讓遊戲光明正大，就一定要把妳的順風耳封印起來。

因此我才給妳那個戒指，妳不要見怪哦。」

最後，小季裂嘴一笑，就消失了。

就連小季在空空的床上發出聲音時，小結也完全感受不到。

「再見！那就敬請期待我的變身術囉。」

「真倒楣！」

小結生氣地說，再次使盡全力拔戒指，可是，戒指還是一動也不動。

「我決定再也不要接受小季的禮物。我居然又被她騙，真的很蠢。」

小匠看小結焦躁的樣子，盛氣凌人地說。

「妳很吵耶！」

小結對小匠怒目而視。

「要不是因爲你要搶走戒指，不然我才不會套上戒指！你告訴我要怎麼辦？到後天晚上為止，我的順風耳都沒辦法用了！」

「真的嗎？只是賓果遊戲第五獎的戒指，真的有這種力量……」

小匠一臉懷疑。小結再試著使用順風耳。閉上眼，集中注意力，專注地傾聽風的話——不行！

「不行！什麼都聽不到。什麼都聞不到，一點感覺也沒有！」

「真的？什麼都感覺不到？」

聽著小匠的發問，小結開始思考。

「嗯，也不是完全聽不到。當然我聽得到你說話的聲音，房間裡的聲音也聽得到……可是，沒辦法像以前只要使用順風耳，就可以聽到風的話，還有一些雜音。現在就好像雷雲在我頭上一樣。」

「也就是說，姊姊的耳朵變成跟我的耳朵一樣囉。」

「就是這樣。」

小結認真地點點頭。可是小匠滿不在乎地聳聳肩。

「這也沒什麼不好啊？只有兩天而已，就算沒有順風耳，也不會怎樣啊。之前颱風來的時候，不是有兩天姊姊的順風耳狀況很不好。就像小季說的，姊姊有時不是會說『不想要順風耳』嘛！」

「我沒說過那種話！」

小結終於發脾氣了。

「我很生氣，我居然完全被小季騙了！你知道嗎？當我的順風耳不能用的時候，小季可以爲所欲爲，愛變身成什麼都可以。從明天開始的兩天，不知道會在何時、哪裡遇到怎樣的小季，光想到這一點，就會讓我忐忑不安，忍不住捏一把冷汗。」

「原來如此……」小匠點頭同意，不過，點完頭後，立刻打了個大哈欠。

小匠一邊忍住哈欠，一邊說「總之」。

「該睡了。明天我們要跟奶奶一起去溫泉中心，小季絕對不可能跟去溫泉中心的，不是嗎？」

「剛剛我不是就說要早點睡了？是誰一直坐在那裡做模型的？」

小結抱怨著，終於躺進上下鋪的下鋪。

小匠迅速地將模型零件集中，關掉暖氣，關掉電燈。

整個房間陷入黑暗，空氣開始慢慢地變冷，小結拉緊棉被，躲在暖暖的被窩裡想著。

**小季真的不會出現在溫泉中心嗎？如果在露天溫泉，小季變成海蛇，跑出來嚇奶奶……**

**不過，應該不會，如果在那種地方，變身成那樣，我們一定會立刻發現的……**

小結陷入沉沉的夢鄉，上鋪的小匠也發出小小的鼾聲。

鬼丸爺爺的來訪、祝姨婆的出現，接連不斷的緊張狀況，讓信田家每個人都疲憊不堪，全陷入沉沉的夢鄉中。

如果小結沒有戴上封印戒指……沒有拿到小季給的白狐族賓果遊戲的獎品，她應該可以聽到這個微弱的聲音。

喀達，喀達，喀達，喀達……

大家都入睡後的寧靜家裡，那個鏡台搖晃著，爸爸和媽媽都沒發現。在黑暗中，熟睡的爸爸和媽媽的腳邊，鏡台發出嘎吱聲，左右搖晃了起來。

喀達。

蓋著布的雙面鏡打開了，掉了下來，落在榻榻米上。滾落的鏡面照向黑暗的天花板。

突然，從鏡子裡伸出兩隻細細的手臂，伸進黑暗中。從鏡子裡伸出來的手慢慢地在榻榻米上四處摸索，摸到鏡台的蓋布下襬，一把將布翻起來。然後手指伸到鏡腳中間的抽屜，靜悄悄地拉開，不知道放了什麼東西在抽屜裡，接著，便安安靜靜地縮回鏡子裡。

之後，鏡台恢復了平靜，只有因爲抽屜打開，所以蓋布鼓了起來。鏡台沒有再搖晃，掉在榻榻米上的鏡子裡也沒有手臂伸出來了。

只不過，當時如果有人朝榻榻米上的圓鏡裡看的話，看到一瞬間映在鏡子裡的影像，搞不好會發出慘叫聲。

鏡子應該照射出黑暗的天花板。

只是黑暗、寧靜的鏡面浮現一位小男孩的臉。在那位男孩額前垂下的頭髮間有一雙大眼睛，骨溜溜地看著四周，就像水面上的水紋消失般，男孩突然消失在鏡子的黑暗裡。

# 突然出現的書

「小結，起床，妳起來一下。」

小結在睡夢中聽到媽媽的聲音。她彷彿在溫暖的太陽底下，睡得正香甜。

「再五分鐘……然後，我就會自己起來。」

小結在棉被裡翻身，背對媽媽的聲音，用懶洋洋的聲音呢喃。

「小結，拜託妳，起來一下……吶，發生奇怪的事了，想要給妳看一下。」

——奇怪的事情？

聽到這句不吉祥的話，小結的睡意瞬間退去，睜開眼睛，從床上起身，正好與看著她的媽媽四目相接。

「怎麼了？奇怪的事是什麼？這次又是誰來了？發生什麼事了？」

媽媽把一根手指放在嘴唇前，要她小聲一點。

聽到在上鋪的小匠發出規律的鼾聲。

「大家都還沒起床，小聲一點，因為現在還很早……」

聽媽媽這樣說，小結才看向書桌上的鬧鐘。

六點五十分！太早了吧！距離上學時間還有一個小時以上……

「啊……今天放假耶……」

溫暖的被窩溜進冬天早晨寒冷的空氣，小結忍不住發抖。

在睡衣外罩一件毛衣外套的媽媽，躡手躡腳地走出去，奶奶的房間也一片安靜，小萌和奶奶應該都還沒起床吧。

小結來到昏暗的客廳，整個房間因爲暖氣而十分溫暖。

讓人驚訝的是，在溫暖的房間中央，爸爸穿著睡衣坐在沙發上，一臉困惑，雙手環抱，像在思考什麼。

「啊？爸爸也起來了？爲什麼？發生什麼事？」

和室的拉門整個拉開，看到爸爸和媽媽的棉被並排在榻榻米上，外面的天色還是暗的，和室的燈亮著，燈光照到客廳來。

在溫暖的黑暗中，小結立刻發現異狀。

鏡台的蓋布打開了，原本一直蓋著布的鏡台，現在暴露在日光燈下。奇怪的是，鏡台下方的抽屜打開了，呈現半開的狀態。

雙面鏡也打開了，當作蓋子的那面鏡子掉在爸爸棉被旁的榻榻米上，鏡面朝上。

「怎麼了？到底發生什麼事？」

這次小結仔細觀察鏡台，重複同樣的問題。

「剛剛醒來時，就看到這種情形。」媽媽回答。

「當作蓋子的那面鏡子掉在爸爸的腳邊，我覺得很奇怪，仔細一看，發現蓋著鏡台的布的下方有些不對，一拿開布，就是妳現在看到的情況，抽屜是打開的。」

「怎麼一回事？」

小結再次仔細地觀察牆邊的鏡台。

「爸爸和媽媽睡覺的時候，是誰偷偷跑進來？可是……到底要幹嘛？特地打開鏡子、打開抽屜……」

就在這麼說時，小結腦中閃過一個想法。

「……是不是在找什麼東西？搞不好那個人想要偷抽屜裡的東西！」

「不是這樣……」

媽媽慢慢地搖頭，接著說。

「至少那個打開抽屜的人沒有偷走任何東西，不過，那個抽屜原本就沒放東西，鏡台剛送到時，我怕有哪裡被撞壞，所以大致檢查過，不會錯的，那個抽屜原本是空的……直到昨晚以前……」

「昨晚以前？」

小結反問，媽媽點點頭，繼續說。

「可是，早上我看了打開的抽屜，發現裡面有一個本來沒有的東西……不應該會在裡面的東西。

所以，我想那個人不是要從抽屜裡拿走東西，而是要把東西放進抽屜裡。」

「然後，然後放了什麼？」

小結爬上和室，一邊往抽屜看，一邊問媽媽。不過，抽屜是空的。

「是這個。」

回答她的是坐在沙發上的爸爸。

「什麼？」小結回頭。

爸爸從沙發前的茶几上拿起一本厚厚的書。起毛邊的綠色封面，書名是用金色的字體印的。爸爸把書封轉往小結的方向，讓小結看得到書名。

《法布爾昆蟲記》

「什麼？這個是？」

小結一愣，接過爸爸手上的書，仔細端詳。

**《法布爾昆蟲記》被放在鏡台抽屜裡？為什麼要特地放這本書？為什麼要這麼做？**

有人偷偷跑進家裡，在鏡台的抽屜裡放《法布爾昆蟲記》，真是太奇怪了。一頭霧水的小結沉默地眨眼，爸爸看著小結，手指輕輕撫

# 7 突然出現的書

摸手中的書封面。

「這個不是普通的《法布爾昆蟲記》喔。」

「不是普通的《昆蟲記》？」

小結還是一頭霧水。爸爸手上這本確實比小結他們學校圖書館的《法布爾昆蟲記》，看起來還要舊，封面上沒有照片，也沒有圖畫，只有用金色的字寫出作者名字「尚—亨利・法布爾著」……而且「昆蟲記」的「蟲」字用的還是古字。

書很厚，很重，很舊……比小結他們學校圖書館的那本看起來還要嚴肅。

小結望著一直緊盯書封面的爸爸，嘆了一口氣。

「我投降了！完全想不出來，你告訴我到底是怎樣？這本書跟別的書哪裡不一樣？這本書藏有什麼暗號？」

陷入沉思的爸爸突然抬起頭，像大夢初醒般，「啊」了一聲，對小結點頭。

「不好意思，不好意思，我不是故意不跟妳說的，不知不覺就想過頭了，妳看，這裡……妳看這裡寫的字。」

爸爸一邊說，一邊翻開厚厚的書封面。一打開黃綠色的封面，看到淺咖啡色的頁面，爸爸指指那個頁面，上面有寫得很醜的字，潦草地寫了幾句話。

「笨蛋、呆子、去死！你媽媽凸肚臍！」

「你媽媽凸肚臍？」

小結愣愣地看爸爸。現在已經沒有人在用這種壞話，舊書上面是老式的塗鴉……小結再看一次那個塗鴉，終於想起來了。

「啊，這個是……該不會是……爸爸的書？那本被三島亂畫的《法布爾昆蟲記》？」

「沒錯。」爸爸點頭。

「就是這樣。」媽媽也向小結點頭。

「不會吧?!可是，爲什麼那本《法布爾昆蟲記》會在鏡台的抽屜裡？那本書不是爸爸的書嗎？爸爸之前把書放在哪裡？」

「不……放在哪裡呢……我完全想不起來之前放在哪裡……。因爲是很久很久，非常久以前的事了。」

「會不會是奶奶帶來的？想要拿給爸爸……該不會是在整理倉庫時找到的，所以帶過來……」

小結這樣說，媽媽搖頭。

「如果是奶奶帶過來的，直接交給爸爸就好了。不用趁爸爸和媽媽睡覺時，偷偷放進鏡台的抽屜裡吧！還有，妳覺得奶奶會打開抽屜，沒關起來嗎？」

「嗯。」小結思考，立刻想到新點子。

「不然，這樣如何？

爸爸打算把書收在某個地方，結果亂塗鴉的三島偷偷把爸爸的書拿走，藏起來，當然是在小時候。

然後，三島搬家的時候，想起以前的事，反省了以前欺負爸爸的事，於是想把偷走的書還給爸爸。想說只還書不太好，所以把傳家寶的鏡子當作禮物。也就是說，三島原本就把這本書放在鏡台的抽屜裡。」

「我不是說了……」媽媽開口說。

「一開始，鏡子的抽屜沒有任何東西。我檢查的時候，抽屜是空的……」

「會不會看漏了？」小結緊咬這點不放，這次媽媽斷然地搖頭。

「那麼大本的書不可能看漏，而且只有一個抽屜，就算是像妳說的那樣，也沒辦法解釋鏡台的抽屜爲什麼會打開啊。」

今晚，確實是有人打開抽屜，還把鏡子打開來，而這個人還把爸爸帶有回憶的書放進抽屜裡，沒把抽屜關好，就消失了……」

「爲什麼不把抽屜關好？如果是在睡著的我們沒發現的情況下做的事，那就把鏡子和抽屜都放好，不就好了……」

小結說完後，媽媽用犀利的眼神看著鏡台，點點頭。

「沒錯，那個人相當著急……還是其實是希望我們注意到，或許是故意要讓我們知道抽屜裡放了《法布爾昆蟲記》……」

此時，一直在思考的爸爸突然闔上書封，抬起頭。

「……我好像把書借人了……」

「什麼？」

小結和媽媽互看一眼，等爸爸繼續說。

「我記得我把書借給了誰，我從剛剛一直在想，最後一次看到這本書是什麼時候。

我把這本書借給了某位朋友，應該是在三島塗鴉事件之後，我把被亂畫的書借給了某位朋友。

那時應該是最後一次看到這本書。我把那本書借給人後，我記得我就沒有再看過《法布爾昆蟲記》這本書了……」

「所以，你借給人，就不管了？」

小結用有點責備爸爸的語氣，不滿地說。

「那麼重要的書，借給別人後，你沒有跟朋友要回來？」

「啊……對。」

爸爸困窘地點頭。

「借給哪個朋友？小學同學？」

這次換媽媽質問爸爸。

「我不記得了……」

爸爸莫可奈何地垂下肩。

「很奇怪，我只記得拿書給朋友的事……我把書借給他的地點是，美國草原的池塘旁，不是在學校，也不是在家裡……爲什麼是在那個地方借書給他呢……」

似乎是要幫垂頭喪氣的爸爸打氣，媽媽笑了。

「沒關係，沒關係，以前的事，有時會突然想起來……沒多久你一定可以想起那個朋友的事。

雖然是在很詭異的情況下，不過，幾十年後能重新拿回很珍惜的書，也是件好事啊……就這樣想好了。」

然後，媽媽認真地看著小結。

「小結，先不管以前的事，只要掌握眼前的線索就好了。今晚一定會有人在這鏡台附近徘徊，請妳用順風耳留意一下那個人的動靜。」

聽到媽媽這樣說，小結不由得哀號一聲。她原本完全忘記戴在左手食指上的戒指這件事，現在突然想起。

「怎麼了？」

看到小結像含著酸梅般的臭臉，媽媽驚訝地問。

小結用像電話留言般生硬、單調的聲音回答媽媽。

「我的順風耳現在不能用。」

「發生什麼事了？」

媽媽疑惑地問，小結慢慢張開戴有戒指的左手給媽媽看。

「這……」媽媽吃驚到喘不過氣。

「這個是……這個是封印的戒指？妳爲什麼會戴這種戒指？到底是誰給妳這種東西……」

「是小季啦！」

小結一臉厭煩地回答媽媽。

「小季給我的禮物，是中國白狐族趴踢上拿到的賓果遊戲第五獎獎品。

小季說因爲我用順風耳，不管她變身成什麼，我都會立刻看出是她，所以她騙我戴上這個戒指，把我的順風耳封印起來，如此一來，她就可以愛變身成什麼都可以，還說要跟我比賽，能不能看穿她的變身。

門前町的奶奶在的這段期間，她會變身給我看。」

「不會吧！」

爸爸和媽媽同時哀號。

「……事情就是這樣。」

爸爸鬱悶地開口說，「也就是說，不知道小季會在哪一天、什麼時間、在哪裡來攻擊。」

「說什麼攻擊，太誇張了啦……」媽媽笑說，不過，看到爸爸和小結認真的表情，媽媽收起了笑容。

「確實，這麼說也沒錯……」

媽媽小聲地說，爸爸在媽媽面前高聲宣布。

「總之，盡早帶奶奶離開這個公寓。」

爸爸從沙發上霍地起身，繼續說。

「溫泉中心九點開門，所以我們吃完早餐就出發，大家各就各位！作戰開始！預備……衝啦！」

爸爸發出奇怪的口令後，媽媽和小結開始行動。

小結幫忙爸爸、媽媽整理和室的棉被，撿起掉在榻榻米上的鏡子，她突然停下動作。

她看著鏡子裡自己的臉，屏住呼吸，用手指摸著光滑的鏡面。

什麼都沒有發生，什麼都沒看到，鏡子除了映照出小結的臉以外，什麼都沒有。

「或許小萌真的在鏡子裡看到了男孩。」

小結嘆氣，將手中的圓鏡放回鏡台的另一面鏡子上，蓋了起來。

「如果真是如此，那小萌看到的男孩到底是誰？」

# 8

# 「時光眼」看到的池塘

就如同爸爸說的，信田家一家人吃完早餐的味噌湯和煎蛋後，帶奶奶坐上車，盡速前往溫泉中心。

溫泉中心是去年才開幕的城鎮公共設施，裡面有室內溫泉、戶外溫泉等八種泡澡區，還有休息室和餐廳。從小結他們家到溫泉中心，開車只要二十分鐘，非常方便，是可以輕鬆度過假日的休閒場所。

要去泡溫泉時，媽媽都會帶透明塑膠包，裡面放浴巾和洗髮精，大家都叫這個塑膠包是「洗澡包組」。

「只要帶著這個塑膠包，就可以去洗澡了，外面有叢林溫泉、瀑布溫泉。」

小萌開心地跟奶奶說明。奶奶來了之後，小萌就一直處於興奮狀態。

「小萌妳坐過去一點啦，還有，腳不要動來動去。」

因爲多了一位客人，後座像擠滿乘客的電車一樣。就在小匠邊挪動身子邊抱怨時，爸爸終於開到了溫泉中心的停車場。

冬天的早晨，八點五十七分，雪雨交加的天空顯得陰霾。下車後，像冰一樣的冷風迎面吹來，停車場空蕩蕩，空無一人。

「我們搞不好是第一個到的……」

小結說的話，正好如信田家一家所願，大家趕忙走向溫泉中心入口。

在櫃台前，小個子的小萌蹦蹦跳跳地說：「第一個到，第一個到」，穿著像制服的深藍色工作服的櫃台姊姊笑了，點點頭。

「是啊，今天你們是第一個，可能因爲天氣不好，所以早上都沒有客人來。現在只有你們使用哦！」

「那麼，我們要快一點。」

媽媽開朗地說。

小匠和爸爸去男湯，小結、小萌、媽媽，還有奶奶去女湯，從更衣室就分開了。

「十點半前後，在休息室見。」爸爸說。

「我有帶撲克牌，等等來玩哦。」小匠對小結揮揮手。

走在往女生更衣室的木板路上，小結突然擔心地問媽媽。

「媽媽，那個人該不會是小季吧？」

「哪個人？」

媽媽驚訝地停下腳步。

「就是剛剛櫃台的姊姊啊，她好像太漂亮、太親切了？」

「小結……」

媽媽忍不住嘆氣。

「小季會這麼早開始工作嗎？昨天她不是去白狐族的趴踢？現在一定還在狐狸山睡覺啦。

如果妳一直這樣心存懷疑，不管是誰看起來都會很可疑哦，放心，那個人不是小季。」

「媽媽，小結姊姊，快點，快點！」

小萌從更衣室的入口探出頭，招手叫她們。媽媽和小結一起走過通道。

此時——

爸爸和小匠已經快速脫好衣服，走進空無一人的浴池。黑曜石的地板上有從浴池冒出來的熱水在流動。

浴池冒出白色的熱氣，讓寬闊的浴池就好像籠罩在霧裡。放在入口對面的是洗澡用的巨大唐木製熱水池，爸爸和小匠舀出水來沖身體。又熱又軟的水滲進入身體毛細孔裡，非常舒服，讓人忘了窗外正吹著冷冽的北風。

「好了，在人變多之前，爸爸要去三溫暖。」

「那我要去叢林溫泉。」

爸爸拿下眼鏡，驚訝地看小匠。

「要去叢林溫泉？這麼冷耶？真的嗎？雨雪交加的時候，爸爸可不會想去叢林溫泉哦。」

「我不想去三溫暖，我比較想去開放的空間。」

「好，我知道了。」爸爸認真地點頭。

「你去叢林溫泉，爸爸去烤箱，各自好好享受，小心不要被老虎吃了哦！」

「OK！」

小匠一邊笑一邊跟爸爸揮手，從室內浴池走到露天浴池，推開厚重的玻璃門，走到戶外。

冷風毫不留情地吹來，好不容易溫暖的身體又冷了下來了，小匠冷到牙齒打顫。

「哇！好冷。」

小匠緊抓住放有毛巾的浴盆，橫著跑過正冒著白煙的叢林溫泉。叢林溫泉在更後面的地方，四周用竹子做成欄杆圍起來，以此分隔出叢林溫泉和瀑布溫泉。

一轉過竹欄杆轉角，沒想到，一直陰霾的天空，居然出現了明亮的陽光。

「真好運！」

小匠小聲地說著，自在地看著天空，但是，他突然有種奇怪的感覺。

頭頂上寬闊的天空是清朗的藍色，一直到剛剛都是烏雲密布，沉重的雪雲到哪去了？

萬里無雲的藍空，有雪白的積雲湧現。刺眼的陽光像金色的箭般刺入小匠的眼睛，小匠不由得將視線下移，看到腳邊是青翠、茂盛的雜草。

小匠覺得很不可思議，再次仔細地觀察四周，四周突然像耳鳴般地響起聲音。

**不會吧？蟬？是蟬叫？**

小匠嚇得睜開眼睛，發現自己站在夏天的情景裡。那裡不是溫泉中心的叢林溫泉前，而是沒見過的草原。

小匠一個人孤零零地站在盛夏陽光下，在閃閃發亮的草叢中，還抱著放了毛巾的浴盆……

在草原的深處有片半毀壞的帶刺鐵絲網，有雜草長在鐵絲網中間，橫著延伸過去。那個鐵絲網前面是樹木繁盛的樹林，樹木間可以看到池塘，陽光越過樹梢灑在像鏡面的池水上。

這個時候，池塘邊草叢陰涼處，可以看到兩個互相重疊、小小的人影晃動。

撲咚！小匠的心臟蹦蹦跳，就從這個鼓動開始，他的視線移動了。他的眼睛沒有移動，也沒有移動腳步，是視線自己拉進，就好像用相機拉近鏡頭一樣。

焦點停在站在池塘邊的兩個男生，視線慢慢接近，小匠的視線就停在兩個男生的背後。

「對了！」

小匠終於明白。

「是時光眼！這個是時光眼看到的風景！」

這是小匠從狐狸一族那裡得到的力量，又自己運作起來，他皺起眉頭。就算不打算看，就算不想看，小匠的眼睛有時會看到時間另一側的景色。可以看到時間的另一側——過去或未來。

視線就停在兩位男孩的背後，伸手可及的地方。一位穿白色T恤、深藍色短褲；另一位穿卡其色短褲、白色無袖背心，兩位男孩彎下腰，頭靠在一起，看著池塘旁草叢的一處。

**這是過去**？**還是未來**？

時光眼的視點就在兩位男孩的中間，他們注視的是小葉三葉杜鵑樹叢的樹枝上。

**是蟬的幼蟲……**！小匠屏住氣息，在心裡吶喊。

太陽照射在三葉杜鵑上，交織出許多淡淡的樹影。小匠看到有一隻蟬的幼蟲緊緊抱住盤根錯節樹枝的其中一根，幼蟲沾滿泥土的背上有一條很深的裂縫，牠就要脫殼而出，變成一隻蟬的成蟲，生活在夏

天的樹林裡。

因爲蛹裂開了一條縫，雪白的成蟲使勁拱著身子往外推時，小匠忍不住發出低聲的驚呼。

此時，又聽到了別的驚呼聲……小匠心想，應該是看蟬羽化的兩位男孩其中一位發出的驚呼聲吧。

推到最前端的視線突然拉遠，還可以看到兩位男孩的背影，穿著無袖背心的男孩忽然往小匠的方向回頭，就在這一瞬間，時光眼映照出來的風景，連同聲音一起消失了。

樹林、池塘、草原都消失了……

小匠像大夢初醒般，打個冷顫，用一隻手使勁地揉眼睛，然後，終於感覺到自己的身體像冰棒一樣冷，他連打三個噴嚏。

小匠的眼睛模糊看不清楚，是因爲站在叢林溫泉前，熱氣蒸騰所造成的。他大概從剛剛就一直站在溫泉中心的叢林溫泉前，觀看時光眼映照出來的風景。

腳下沒有雜草叢生的草原，小匠赤腳踩的只是冰冷的石板。也沒有清朗的藍空，一抬頭看到的是灰雲密布下雪的天空，兩棵人造椰子樹，掛著塑膠製的果實，在北風中搖晃。

**為什麼在這個地方——溫泉中心的叢林溫泉前看到那樣的幻影？為什麼時光眼要讓我看那樣的場景——我沒見過的草原、男生、蟬的羽化？**

**時光眼映照出來的是過去？還是未來？**

小匠小聲地呢喃，頭腦一片混亂，明明已經在泡叢林溫泉了，卻毫無真實感。就像爸爸說的，吹北風的冬天早晨，不要來叢林溫泉比較好，如此一來，可能也不會看到那種幻境。

小匠迅速轉身，背對在風中搖曳的椰子樹，朝室內溫泉的入口跑去。

爸爸在三溫暖室裡，一邊流汗，一邊看掛在正面牆上的電視。電視旁邊掛了大大的計時器，從爸爸走進三溫暖室到現在，正好走了半圈。

**差不多該出去了……**當爸爸這樣想時，三溫暖室的木門被推開了，小匠和冷空氣一起進來，看到氣喘吁吁的兒子，爸爸嚇了一跳。

小匠的臉色蒼白，就好像剛剛看到鬼似的。

爸爸正打算問他「怎麼了」的時候，小匠就開口說。

「爸爸……我看到了。」

爸爸驚訝地喘不過氣，把手搭在站在前方的兒子肩上，在熱呼呼的三溫暖室裡，小匠的身體異常地冷。

「看到什麼？鬼？還是妖怪？」

「不是啦。」

小匠焦急地用力搖頭。

「那……是鬼魂，還是……還是夜叉丸舅舅？」

「就跟你說不是！」

小匠幾乎是用喊的，把爸爸放在他肩上的手甩開。

「爸爸，你認真聽我說，我的時光眼又看到了，時光眼讓我看到了。」

「……看到什麼？」

爸爸問，小匠輕輕地吸了一口氣，斷然回答。

「蟬的幼蟲。」

「欸？蟬的什麼？你剛剛說幼蟲，是嗎？」

爸爸著急地問，小匠點頭。

「對，有兩個男生在看蟬的幼蟲羽化的過程。」

爸爸看著兒子像在回憶什麼的表情，沉默了一會兒，然後，小聲嘟囔：「蟬的幼蟲……」，擦掉額頭上的汗，再一次把手放在兒子的肩上。

「總之，我們先出去，再這樣下去，我可能就會變成『烤肉爸爸』了。」

兩人出去時，跟一位肚子大得像財神的伯伯擦身而過，他走進了三溫暖室。

剛剛空無一人的浴池裡，現在增加了幾位客人。

爸爸用熱水沖小匠冰冷的身體，順便沖一沖自己身上的汗，被像溫暖雨水的熱水和瀰漫的白色熱氣包圍時，爸爸一直沒說話。

就在小匠的身體變暖後，爸爸關掉水，說：「我們出去外面。」

這次，小匠和爸爸兩人一起走出外面吹北風。

露天溫泉果然沒有別的客人在。

「哇，真是冷啊……」

爸爸用腳尖站在冰冷的石板地上，朝叢林溫泉走，小匠跟在爸爸後面，不安地來到竹欄杆的轉角。

「我就是站在這裡看到的……」

小匠環視空蕩蕩的叢林溫泉，站在椰子樹下跟爸爸說。

「好。總之，我們先去泡溫泉，在那裡，不會有人來打擾，可以慢慢聽你說。你好好地照順序把你的時光眼所看到的，跟爸爸說。」

兩人爲了躲寒冷的北風，進入被石頭包圍的叢林溫泉裡。

兩人肩膀以下都泡在溫暖的溫泉裡，而北風吹著臉，感覺無比舒暢。在白色濃霧般的熱氣中，小匠面向爸爸開始描述。

「剛剛我在竹欄杆那裡轉彎後，看到的不是叢林溫泉，而是寬廣的草原。一開始我沒發現是幻影，而是以爲自己真的站在草原中。

還有，那個草原的季節是夏天，陽光很刺眼，天空有積雲，草長得很茂盛，還聽得到蟬叫聲。」

「幼蟲是在哪裡？」爸爸插嘴問。

「在草原的哪裡有蟬幼蟲的羽化？」

針對爸爸的問題，小匠一鼓作氣地說。

「草原裡有樹林哦，在雜草叢生的草原中央，只有那裡有松樹、杜松、杜鵑樹等樹木聚集，在樹林的前面有池塘。陽光照在水面上，像鏡子一樣發亮，所以就算站在很遠的地方，也會知道那裡有池塘。

在池塘邊有兩位男生，當我發現他們的時候，視線就拉近來到他們那裡……你知道嗎？就好像相機的鏡頭拉近的感覺。兩位男生的背影越來越大，視線漸漸地接近他們。」

爸爸點點頭，小匠繼續說。

「越來越近，終於靠近他們……結果我的視線落在他們之間。然後，我看到，他們兩人專心在看的東西……就是蟬的幼蟲。蟬緊抓著杜鵑的樹枝，正在羽化。牠的背上已經有一條裂縫了，立刻就要從那裡出來變成白色成蟲。

我的時光眼專心地看，我想那兩位男生也看到了，成蟲從殼裡出來時，我聽到其中一位男生發出驚呼聲……」

此時，爸爸喃喃自語。

「蟬的幼蟲……羽化……《法布爾昆蟲記》！」

小匠看向爸爸，爸爸睜大眼睛，像受到驚嚇似的，看著空中的某處，彷彿只有他自己看得到某些景象……

「爸爸……？」

小匠擔心地叫了爸爸一聲，爸爸終於吐了一口氣，眼睛不再看向遠方，轉頭看著小匠。

「我想起來了。」爸爸說。

**想起了什麼**？小匠心想，等爸爸開口，寒冷的北風吹拂白色熱氣，熱氣將爸爸包圍，在白霧中，爸爸開始慢慢說道。

「那個夏天，爸爸常跟那個孩子在池塘邊玩，我們不是同學校的同學。

爸爸不知道那個孩子的家在哪兒，也不知道他叫什麼名字，但是，我經常在池塘那裡遇到他，沒多久，不知道是誰先開口說話，我們就變成了好朋友。

不過，說是一起玩，也沒做什麼特別的事，爸爸觀察樹林草叢和池塘裡的蟲，那個孩子也觀察別的蟲。

有時誰發現很有趣的東西——例如，大田鱉抓鱂魚的時候、青蛇在池裡游泳追青蛙的時候——像這種時候，爸爸和那個孩子都會叫彼此來，然後兩人一起看那些有趣的東西。

跟那個孩子在一起玩，最開心的就是『釣蟬』哦。

把還在地底下洞穴裡的蟬釣上來，用狗尾草的莖來釣……」

「可是要怎麼釣？」小匠情不自禁地問。

「因爲，又不知道蟬的幼蟲是在地底下的哪裡，等幼蟲出來後，就會出現一個洞，可是那個洞穴裡都已經沒有幼蟲了，只是一個空空的洞。」

隔著熱氣，小匠看到爸爸露出笑容。

「沒錯，是這樣，最先想出釣蟬的方法是爸爸哦，我讀了《法布爾昆蟲記》之後，突然想到的。」

小匠滿是疑惑。

「在《昆蟲記》裡有寫釣蟬的方法？」

臉上開始冒汗的爸爸，用右手抹掉汗水，然後，得意地說。

「《法布爾昆蟲記》沒有寫釣蟬的方法，不過，有介紹到蟬，提到蟬的幼蟲怎樣決定羽化的時間。幼蟲在地底下的洞穴裡等待羽化的時機前，會從地底下偷偷探出頭來好幾次。

像這樣『今天好像會下雨』或『好像還很冷，那再多等一下』來

判斷，因爲是要決定一生中重要的一天，所以一定要很愼重，決不能失敗。如果在條件不好的日子出來，搞不好就沒辦法順利羽化，這樣一來，之前在地底下忍耐的七年，就全都白費了。

我讀到這段文字後，就想要找看看蟬幼蟲探出頭的洞穴。幼蟲探出頭的洞穴不是很大的洞穴，爲了要探出來偷看外面的世界，挖的是小小的洞，因爲如果不是小洞，地底下的洞就會被看到了？」

「真的有那種洞嗎？」

小匠問，爸爸充滿自信地點頭。

「有，夏天的時候，你也去找看看。在幼蟲離開的空洞穴附近，仔細找的話，一定可以看到到處都有像螞蟻窩入口的小洞穴，那就是蟬偷看外面的小洞穴。

等你找到那個洞穴之後，就用狗尾草的莖試著去勾勾看，如果是螞蟻窩，就不會有什麼變化，狗尾草的莖一動也不動。

不過，如果是蟬探出頭的小洞穴，就會發生很有趣的情況，躲在小洞穴隧道裡的幼蟲，就會使勁地把狗尾草的莖推回去。蟬的幼蟲一定很生氣──居然有東西跑到我最重要的洞穴裡。

大概就是那種『討厭鬼，走開，走開！』的感覺，使勁地把莖推出去，如果是這種情形就太好了，接著，用狗尾草的莖在隧道裡逗弄，沒多久，幼蟲就會受不了，然後咬住莖的前端，你只要把莖拉起來，就輕鬆抓到牠了。

法布爾這位學者是很有趣的人，他讀到古老文獻寫到『蟬的幼蟲非常好吃』，他就想要來烹煮、試吃看看。不過，要搜集幼蟲是大工程，他請家人一起在院子找，最後只抓到四隻而已。

爸爸很想把我想出來的釣蟬方法跟法布爾說。用這種方法來釣蟬，真的非常有趣。」

爸爸不知不覺又看向遠方，凝視白色熱氣。

「那個孩子很會釣蟬，他把抓來的幼蟲放在陰暗的樹林，幼蟲就會馬上爬到樹枝上，在我們面前羽化。

通常蟬羽化的時間多半在黎明到清晨這段期間，大概是因爲我們把牠從洞穴裡強拉出來，幼蟲迫於無奈只好在那個時間羽化。

在豔陽下的美國草原樹林裡，我們看過好多次蟬的羽化。不管看幾次，還是會很期待，蟬的羽化真的好漂亮。

從沾著泥土的幼蟲殼裡，變成像白色妖精的成蟲那一瞬間……剛出生的蟬的成蟲，像白色蠟製品又帶有淡綠色的身體，只有一對像玻璃珠般的黑色眼睛，閃閃發亮。那個身體還帶有一點咖啡色，沒多久，就會變成我們熟悉的油蟬。

爸爸和那個孩子花很多時間在看蟬羽化，安靜、一動也不動地看，所以等到回過神來，才發現一直彎著腰，腰很痛。」

爸爸回憶當時的事，噗哧一笑，看著小匠說。

「我終於想起來了。那個孩子的事、那個夏天的事……你看到的那個草原的樹林裡，有半毀的帶刺鐵絲網，對不對？支撐鐵線的木頭欄杆爛了，所以鐵絲網歪了，看起來好像就要整個倒下來。」

小匠回想時光眼看到的風景，用力地點頭。

「有、有，草原的最裡面有破爛的欄杆，所以……所以我看到的是，爸爸小時候的事？我的時光眼看到爸爸的過去？可是，爲什麼……？」

「早上，鏡台的抽屜裡放了爸爸的《法布爾昆蟲記》。」

爸爸說了這句話後，就把早上發生的事跟小匠說。小匠一臉驚訝地聽著。

「那個時候，我還沒回想起來……我把那本書借給了誰……不過，說是借給那個孩子……其實是我把《法布爾昆蟲記》寄放在他那裡。

爸爸很珍惜的書被人亂畫，所以我很生氣，火氣很大，那天放學後，我直接去美國草原，自暴自棄地想把《法布爾昆蟲記》丟進池塘。

那個孩子阻止了我。

他問我：『爲什麼要把寶貴的書丟掉？』，我回答：『我不要這本書了』、『被亂畫的書，我不要了』。

那個孩子睜大眼睛，一直看著正在哭的爸爸，他說：『不可以把寶貴的書丟掉，你一直很珍惜這本書，不是嗎？』，因爲被他看到我在哭，爸爸覺得很丟臉，惱羞成怒，所以我對那個孩子亂發脾氣，『不然，這本書給你』，爸爸說完後，就把《法布爾昆蟲記》丟在他的腳邊。

啊啊，我真的是很糟糕。」

爸爸一臉責備自己的表情，皺起眉頭。小匠在溫泉裡聳肩。

「那也沒辦法，大家都有這種經驗，被人看到自己在哭，真的很糗。」

「謝謝你安慰我。」

爸爸嘆氣說，調整一下情緒，繼續說。

「結果因爲爸爸這樣說，那個孩子就說：『我沒有要這本書，我暫時幫你保管。』

我沒有說『謝謝』或『好』，就跑回家了，硬把那本《法布爾昆蟲記》給他。」

「可是……爲什麼他後來沒有還給你？他不想要那本書，只是幫你保管，不是嗎？既然這樣，他只要後來還給你就好了……」

「後來他沒有還給我。」

爸爸說。

「那件事之後，在美國草原的池塘，爸爸再也沒有見到他。我擔心他是生我的氣，所以不來玩了，我剛剛說過了，我們不是讀同一所學校，我也不知道他住哪裡，因此也沒辦法跟他道歉。

正好那個時候，爸爸學校的朋友間有一個傳聞，有位男生在美國草原的池塘淹死了……

他在大家面前跳入池塘後，再也沒有浮上來，就像那個棒球一樣……」

在溫暖的溫泉裡，小匠感到背脊一陣發涼。

「不會吧。」

「我想只是謠言而已。」爸爸乾脆地說。

「因爲如果真的有一個小孩溺死了，警察一定會到池塘調查，在池塘四周圍上圍欄，一定會做些什麼，不過，這些都沒有，爸爸還是繼續在美國草原和池塘玩，完全沒有被禁止。

現在回想起來，那個傳言應該是有人編造的，但是，那個時候的我不是這樣想。

爸爸漸漸地相信那個孩子死掉了，在這樣認爲後，我就想逃避——那個孩子或許在生我的氣的內疚感。

啊啊，我真的是很糟糕。」

爸爸再次大大嘆一口氣，小匠一邊專心思考，一邊看著沮喪的爸爸。

「可是，爸爸你不知道那個孩子到底是生是死，放在他那裡的爸爸的書，爲什麼現在才出現在原本沒有東西的抽屜裡，我不懂。

爸爸知道爲什麼會這樣嗎？」

「我也完全不知道。」爸爸回答。

「只是，早上抽屜裡出現那本《法布爾昆蟲記》，接著，你的時光眼就看到了爸爸的小時候。

不管是《法布爾昆蟲記》，還是時光眼看到的風景，線索都指向那個孩子。

我不知道這代表什麼意思，不過，我想是有誰，或是有什麼東西想跟爸爸傳達些什麼，這一點應該沒錯。」

# 池塘守護神

這一天，爸爸難得泡了很久的溫泉，通常他都是三溫暖和沖澡來回幾次後，再泡一下溫泉，就結束了。他今天一邊想事情一邊泡露天溫泉，完全沒有起來的打算。

小匠在室內溫泉的洗澡區洗澡、沖澡後，終於無法忍耐，決定先離開。

「爸爸，我先去休息室，媽媽她們搞不好已經出來了。」

爸爸只是含糊地回答。

泡完溫泉後，身體熱呼呼的，小匠臉紅得像煮熟的章魚，他用毛巾擦擦汗，走到休息室，果然小結和小萌的臉也紅通通，正在自動販賣機前喝果汁。

「哥哥！哥哥也有果汁錢哦！」小萌向他揮手。

小匠買了一瓶罐裝可樂，拉開拉環。

進休息室要脫掉拖鞋。休息室比地板高一層，鋪上數十張榻榻米，在上面放了細長的矮桌。

小結和小萌坐在離自動販賣機最近的矮桌旁，放上座墊占位置。

「媽媽和奶奶呢？」

小匠爬上榻榻米，坐上座墊後問道。在喝蘋果果汁的小結抬起頭。

「她們坐完按摩椅就會過來，叫我們先出來，爸爸呢？」

「在泡露天溫泉，一直在想事情。」

小匠一邊喝可樂，一邊說給小結和小萌聽，關於他在叢林溫泉，時光眼看到的風景，以及爸爸說和朋友在池塘玩的事。

「小萌看到鏡子裡有一個男生。一定是死掉小孩的鬼魂。」喝完柳橙汁的小萌斬釘截鐵地說。

「還不知道那個小孩是不是死了，因爲爸爸說應該不可能……」

小結思考著。

「而且就算他真的死了，爲什麼他的鬼魂會在那個鏡子裡？更何況那個鏡子是寺廟家的小孩三島送給爸爸的鏡子。」

「如果是這樣，你們覺得怎樣？」

小匠開始說。

「那個孩子死後，剛好就在三島家的寺廟辦喪事，然後，他的鬼魂正好附在三島家傳家寶的鏡子裡。」

小結用不認同的眼神看著弟弟。

「你說的都是巧合，鬼魂莫名其妙剛好附在一個東西上。」

「嘖。」小匠不高興地咂嘴。

「姊姊，妳每次都這樣，立刻挑毛病。」

「我不是挑毛病，而是冷靜推理。」

「好，妳不要抱怨，妳來推理看看，讓我聽聽妳的推理。」

「說到挑毛病，小匠最會了，每次都立刻黏小萌的毛病。」小萌開口說。

「小萌，不是『黏毛病』，是『挑毛病』哦。」小結糾正她，小萌假裝沒聽到，繼續說。

「小萌說有看到男生的時候，你就說小萌是膽小鬼，可是，鏡子裡真的有一個男生。」

「這是兩回事吧。」小匠回嘴。

「妳那個時候也不是真的確定有沒有看到男生吧？妳只是這樣講

而已，所以妳是膽小鬼。」

「你又在挑我毛病了！」

小萌生氣地大叫時，媽媽和奶奶終於結束了按摩，走到休息室入口。

「知道嗎？剛剛說的事不可以跟奶奶說，因爲奶奶知道的話，會擔心。」

奶奶向他們揮手，小結一邊跟奶奶揮手，一邊趕快小聲地跟小萌說。

「剛剛說的事？哪件事？」小萌問。

「全部！叢林溫泉發生的事、爸爸說他認識的男生可能溺死在池塘裡的事。當然，還有鏡子裡可能有那個孩子的鬼魂這件事，這些絕對不能講哦！」

「知道了。」小萌回答。

那天泡溫泉泡最久的果然是爸爸，他最後一個到休息室，跟大家道歉「對不起，我來晚了」後，漫不經心地說：「我有點頭暈，是不是泡太久了」，奶奶聽了有點擔心。

大家在休息室玩撲克牌殺時間，等餐廳開門，不過，爸爸一直心不在焉。

連小萌把手裡其中一張牌故意突出給爸爸拿走，爸爸自己都沒發現；還有玩排七時，數字順序排錯好幾次……

媽媽也注意到爸爸不太對勁，偷偷用眼神詢問小結，可是，因爲在奶奶面前沒辦法說明事情的原委，小結只能看著行爲脫序的爸爸，替他捏一把冷汗。

好不容易餐廳的營業時間到了，大家開始吃午餐時，爸爸吃了一口蕎麥麵後，突然停下動作。

「爸爸？怎麼了？」

媽媽和小結幾乎同時問。不知不覺中，大家都在注意行爲舉止很奇怪的爸爸。從剛剛開始，大家就一直看著爸爸。

爸爸環視正看著他的每個人，最後，一臉認真地看著奶奶。

「媽。」

奶奶放下筷子，她的松花堂便當還沒吃完，不過，她不由得端坐，看著爸爸。

「什麼事？」

「媽，妳記得我以前常去美國草原的池塘玩嗎？」

對於爸爸的問題，奶奶點點頭。

「我記得啊，放學後，你直接跑去池塘玩，玩到傍晚才回家，我很擔心。」

「沒錯！」爸爸用力點頭。

「然後，還有好幾次，媽媽去池塘叫我回家。

就是發生河童事件那一次，我跟朋友……應該是北川跟我兩個人去池塘釣魚，玩得很瘋，直到天都黑了……要回家的時候，我們發現魚簍裡釣到的小鮒魚，全都不見了，我們很害怕，一路跑回家，我說：『魚都被河童拿走了』，然後，被媽媽和爸爸狠狠地罵了一頓，妳還記得嗎？爸爸大聲地罵我：『怎麼可以玩到那麼晚才回來！』，然後處罰我那天晚上沒有飯吃。

那次之後，如果我太晚還沒回家，妳想我可能又在池塘玩瘋了，就會去池塘那裡叫我回家，罵我：『阿一，你又在這裡鬼混』。

媽，妳記不記在池塘跟我一起玩的小孩？他不是我學校的同學，是我去池塘玩碰見的男生。有一段時間，我常常跟他在池塘玩，媽應該有看到才對。」

爸爸情緒激動地一口氣說完。奶奶認真地聽爸爸說，說到河童事件時，露出很懷念的神情，頻頻點頭。

但是，爸爸說完的時候，小結**一臉不解**，看向奶奶。

奶奶一臉僵硬、面無表情，直到剛才因爲泡溫泉而紅潤的色澤不見了，臉色變得蒼白。

爸爸一直等待著，充滿期待地看著奶奶。

奶奶面對著忐忑不安地探出身子的爸爸，只簡短地說了一句。

「我沒見過那個孩子。」

「應該有看過吧。」爸爸不放棄。

「因爲媽來叫我回家時，我記得有好幾次我都是跟那個孩子在一起。被媽媽罵，心不甘情不願地要回家的時候，我都會跟他說再見。

就是那個頭髮有點長，娃娃頭的髮型，眼睛很大，白膚很白……」

「小萌有看到哦，就是他，在鏡子裡……」

「噓！」小結立刻使眼色，用手指戳小萌的手臂。

「我也看到了……應該就是那個小孩吧……」

小匠偷偷地小聲跟小結說。

奶奶的視線從爸爸身上移到桌上，輕輕地嘆氣。然後，下定決心似的看著爸爸，開始說。

「我真的沒有看過那個孩子。你常去池塘玩，應該是你五年級、還是六年級的時候。不過，我叫你回家時，你多半都是一個人在池塘邊玩……」

「不是……可是……」

奶奶打斷爸爸的話，繼續說。

「阿一，你還記得你的書被亂畫的那一天嗎？就是三島那個壞孩子在你的書上亂寫字的那天，你從學校哭著回家。」

是《法布爾昆蟲記》！那本書正是今天早上突然出現在鏡台抽屜裡的《法布爾昆蟲記》。奶奶爲什麼在這時提起這件事？太過巧合了，媽媽、小結和小匠不由得面面相覷。

「我當然記得。」

爸爸用力點頭。

「那一天，其實媽媽有去池塘那裡找你。」

奶奶說出更讓人意外的事。爸爸邊走邊哭，好不容易走到美國草原，打算把《法布爾昆蟲記》丟進池塘，那時奶奶也正好在場嗎？

在大吃一驚的爸爸與大家面前，奶奶接著說。

「學校老師有打電話給我，說是因爲在學校你的書被亂畫了，才打電話來跟我說。

那時，因為你一路衝地跑出學校，老師很擔心，所以打電話給我，老師說：『阿一還沒回到家嗎？今天他在學校發生了一點事……』。

我講完電話之後，稍微等了一下，你還沒回家，然後，我立刻想到你可能還在池塘那裡。

所以，我騎腳踏車去池塘找你，那個時候，你會去的地方，一定只有那裡了。」

「嗯……然後呢……」爸爸受不了，插嘴問。

「妳有看到那個孩子吧？我打算把《法布爾昆蟲記》丟進池塘，是那個孩子阻止我的。我說：『這種書，我不要』，把書丟在地上，他就說：『我先幫你保管這本書』。如果，那天媽媽有去池塘那裡，就一定有看到他。」

一瞬間，奶奶一動也不動，沉默地看著爸爸，再次慢慢地開口

說：「因爲你在哭，所以我沒有叫你。我想你不會想被別人看見你在哭，因此我一直默默地站在鐵絲網外面，沒多久，我看到你往家裡的方向跑，我急忙騎腳踏車走小路趕回家。

我早你一步回到家，你回來後跟我說學校發生的事，我問你：『書在哪兒？』，你說了跟剛剛同樣的話。

你說你本來想丟進池塘，朋友阻止了你，你就把書給他。」

奶奶說到這裡，彷彿在逃避爸爸的眼神，不忍正視。

「我沒跟你說我也去了池塘，一

直都沒跟你說。那是因為我覺得不要說比較好……因為，那一天我沒有看到跟你在一起的朋友……」

「……欸？」爸爸不太明白。

小結也不懂奶奶說的話，媽媽、小匠和小萌應該也沒聽懂。

大家頭腦混亂，心神不安地面面相覷。

「我那天看到你一個人在池塘邊，你一個人打算把書丟進池塘，然後自己停下來，像是在跟誰說話：『不要你管！我不要這本書了！』，說完後，把書丟在地上，又說：『不然，這本書給你』……我只看到這樣，至於你說一直跟你在一起的朋友，我則是完全沒看到。

不只那一天，你很晚還沒回家，好幾次我去找你時，不管到池塘那裡，還是那一天，我都沒有看到你說的小孩。我總是看到你一個人在池塘邊玩。」

奶奶話裡的意思漸漸清楚，大概明白後，小結覺得背脊發涼，渾身起雞皮疙瘩。

奶奶沒看到的爸爸的朋友，只有爸爸看到的那位男孩——

如果那位男生真的在那個鏡子裡……如果是鏡子裡的男孩把放在他那裡的《法布爾昆蟲記》還給爸爸的話……

到底是爲什麼？爲什麼到現在才這樣做？那個小孩又是誰？

每個人的心中充滿各種不同的疑問。

「那爸爸是跟鬼做朋友嗎？」

小萌打破沉默問。沒有人能回答，所以沒有人開口。

「那個鬼朋友跟鏡子一起來了？他想來跟爸爸玩……」

「跟鏡子一起？」

奶奶反問，用很可怕的眼神看著小萌。小萌完全忘了之前跟小結他們的約定。

被小萌最喜歡的奶奶問話，她得意洋洋地說。

「小萌看到了哦，那個男生在鏡子裡，他在鏡子裡往我們這邊看。」

說完後，小萌有一點難為情，看了小結一眼，小聲地說。

「雖然我們說好不能說的……」

已經全部都說了，現在說這個也沒用了。媽媽嘆了一口氣後，開口說。

「可是，那個鏡子和那位男孩沒有任何關係，所以才顯得奇怪，因為送爸爸那個鏡子的是三島，是小學同學，不是嗎？」

「三島的家滿願寺倒了哦，這就是報應……」

奶奶突然小聲地說，小結更覺得背脊陣陣發涼。

「奶……奶奶，不要一直說報應這種話比較好，只是小時候在朋友的書上亂畫這種事，我想神不會因此給他懲罰的，那間寺廟幾乎整間都被燒光耶。」

小結不由得幫最討厭的三島說話。

「不是的，我說的報應不是指那個。」

奶奶不認同地用力搖頭。

「不是亂畫書的報應，而是別的報應。滿願寺發生火災時，大家都在傳，那間寺廟是受到水神的懲罰。」

「水神的懲罰？」小結問。

奶奶用力點頭。

「是啊，因爲那家的小孩三島，抓了河童，所以遭到報應，整間寺廟都燒光了。」

「抓到河童？」

爸爸、媽媽、小結、小匠和小萌五個人異口同聲地大喊，所以整個餐廳的人都看向他們，引起騷動的五人，有人拿起杯子喝水，有人拿紙巾擦手，總之，先假裝沒事。

「奶奶，妳說抓到河童，到底是怎麼一回事？

三島真的有抓到河童嗎？」

不久後，小結小聲地問，奶奶乾脆地點頭，開始說。

「阿一應該不記得了吧？三島家的兒子決定『要抓河童』，然後，到美國草原的池塘去設下陷阱……」

「設陷阱就可以抓到河童？」

小匠插嘴問，奶奶沒有直接回答他，接著說。

「那個池塘是很古老的池塘，是從安土桃山時代，還是江戶時代就有的，沒人能確定，據說池底有一個入水口，所以就算盛夏的時候，那個池塘也不會乾涸。

所以，從以前大家就說那個池塘有水神，前面還有小廟，二戰結束後，在蓋美國工廠時，不知道是不是怕遭到報應，還特地留下池塘。所以，後來美國工廠不在了，那個池塘也還在。

可是三島家的兒子卻得意忘形地說要去抓河童……」

「這件事我在學校有聽說過。」爸爸說。

「『去抓河童』這件事在學校引起很大的騷動，反正是三島說的，大家以爲他只是隨便說說，都取笑他……而且，後來也沒聽說他有抓到河童。」

「那時，那些孩子怕被爸媽罵，所以才沒說吧。三島跟大家說：『誰都不准說』，因此才沒人說出來。不過，隨著時間過去，還是會慢慢傳出來。最後，寺廟發生火災後，就有許多傳言：『是河童報復，或水神給的懲罰』。」

「……也就是說，三島有成功抓到河童？可是，要怎樣抓河童？做了怎樣的陷阱？還有，被抓到的河童在哪裡？」

小匠興致勃勃地問奶奶，奶奶微微側頭。

「這我就不知道了，又不是奶奶抓到的。」

「什麼嘛……」

小匠失望地嘀咕。奶奶嘆口氣，像在想些什麼。

「可是，那個池塘一定有住了什麼，河童啊，或水神什麼的……那時，只有阿一看到的朋友，我想或許是那個池塘的守護神之類。或許阿一看到的是那個池塘的守護神。因此，三島家的兒子惹火了那個池塘守護神。」

「池塘守護神？」

「水的守護神會以不同樣子出現，可能以小男孩的樣子出現，也會以蛇或水獺的樣子出現，還有以河童的樣子出現哦。」

媽媽解釋給小萌聽。

「後來，池塘的守護神怎麼了？給滿願寺懲罰之後……再回到池塘嗎？」

小匠問，奶奶輕輕地搖頭。

「那個池塘已經不在了，那片草原現在蓋了公寓，已經是十年前的事了，池塘也沒了……」

「因爲沒地方可以住，所以才住在鏡子裡。」小萌說。似乎大家都已經認同了鏡子裡確實住了一位男孩。

「可是，我不懂他爲什麼會住在鏡子裡？」

小結自言自語，思考起來。

這個時候，小結聽到在她旁邊的媽媽小小聲地說。

「三面鏡法術。」

小結猛然抬頭，和媽媽互看，媽媽迅速點頭，偷偷地小聲說。

「不會錯的，池塘的守護神不是住在鏡子裡，而是被三面鏡法術關在那個鏡子裡……」

# 三面鏡法術

在溫泉中心吃過午餐後，順路去小結家附近的購物中心買東西，買好後就回家。奶奶打算買禮物給鬼丸爺爺，媽媽正好在購物中心的超市買好晚餐，然後大家坐上車，在涼颼颼的冬天黃昏裡，回到公寓。

因爲一整天都沒人在家，所以屋子裡很冷。在寒冷、昏暗的房間裡，那個鏡子沒有任何異狀地等小結他們回來。一進屋，打開電燈後，奶奶開口說話了。

「我想了很久，還是不要留那個鏡子比較好。是可以送到門前町我熟識的寺廟去供養，不過，這裡也有可以送去供養的寺廟吧？」

「沒有，我們沒有熟識的寺廟……」爸爸搔搔頭。

「不認識的也沒關係，只要是可以供養，願意收鏡台的寺廟就好。」

奶奶打算在她在小結他們家的這段期間裡，把這件事處理好後，再回去。她說她把這麼危險的東西送到爸爸這裡，她不能就這樣若無其事地回門前町。

「昨天傍晚，突然跑進來的那位奇怪的太太！

那個人不是說，災難即將來到這個家……如果是因爲那個鏡子，真的會帶來什麼災難，那就糟了。」

「不……那個人只是喜歡這樣說而已……」爸爸安撫奶奶。

最後，依照奶奶說的，爸爸去翻電話簿，找願意供養鏡子的神社或佛寺。

小結和小匠完全不知道電話簿上有寺廟和神社的廣告，可是翻開一看，還真的有。從附有插圖的寺廟廣告，到放了照片的神社廣告，應有盡有。

「哇！哇，你看、你看！這個和尚的圖超可愛！上面寫『祭拜祖先，你也Happy』。」小結說。

「是哦。還有『德川家康公祈願寺』。」爸爸感到佩服。

「這一間好像不錯……」

在大家熱烈討論中，只有奶奶一個人很冷靜，她指著電話簿角落的方形框。

上面寫：「井筒八幡大神宮」，簡單的廣告寫：「偶人供養、物品供養 服務處」。

「井筒八幡？」

爸爸反覆看廣告欄，確認神社的地址。

「啊，在元祿池那裡，我們不是有去過菖蒲園，就在那附近，開車大概要四、五十分鐘。」

「我們先打電話過去，明天就去，先預約好，我們也比較方便。」

奶奶已經決定好明天要去井筒八幡。

「我來打電話去。」奶奶很有效率地打電話預約好，看來她無論如何都打算把鏡台處理掉。

**這樣好嗎？把它丟掉……**

小結有點不安。

「把它丟掉，真的好嗎？」

小匠好像看透小結的心思，說出一樣的話，但是，只要看看爸爸，就知道答案。

爸爸不知道有沒有聽到小匠的話，他坐在餐桌椅上，一動也不動。

爸爸一直盯著那個古老的鏡台，小結順著爸爸的視線看往鏡台，突然感到背脊一涼，不由得垂下眼睛。她似乎可以感覺到關起來的鏡子裡，有人正往他們這邊看。

就如同媽媽說的，如果被關在鏡子裡的是美國草原的池塘守護神……現在池塘守護神在那個鏡子裡的話……而把這個鏡子送到井筒八幡去，那個池塘守護神會怎樣？池塘守護神是否有聽到他們在討論要把鏡子丟掉？他是不是一直在那個鏡子裡偷看小結他們？小結一直想著這些事，忐忑不安。

吃過湯豆腐和照燒鰤魚的晚餐後，這天奶奶和小萌早早就回和室睡覺。

只剩他們四人坐在客廳沙發上，爸爸又在喝啤酒。

「來喝熱可可吧！」

媽媽說完後，就去泡了杯熱可可，之後，三個人就小口小口地喝熱可可。

公寓裡溫暖又安靜。

「爸爸，真的要把那個鏡子丟掉嗎？」

小結下定決心問一整天都沉默寡言的爸爸。

「我想不出來留下它的理由。」爸爸說。

「我一直在想爲什麼三島要給我這個鏡子。」

爸爸說完後，像是詢問似的回頭看鏡台。

「是把它留在這兒，還是送去哪裡供奉……，我考慮了很多，最後還是繞回剛開始的疑問了。

到底爲什麼現在才把這個鏡子送到我這裡來？三島到底爲什麼想

把這面鏡子送給我……」

「老公……」

媽媽低聲說。

「你說你不知道跟你在池塘一起玩的朋友的名字，你真的不記得他的名字嗎？」

「欸？名字？」

爸爸有點驚訝地看著媽媽。

「是啊，不是同學校的同學，或許連名字都不知道，可是，你們常一起玩的話，至少會有綽號吧？」

「這……他到底叫什麼……可是，或許真的沒名字，我要叫他時，只是叫『喂』、『你來一下』而已。那個時候，好朋友都叫我『小一』，因爲我的名字『初』就是數字『一』的意思。」

「你想得起來，你怎麼叫那個孩子？」

「我沒辦法立刻想起來。就算感情不好，我跟三島從小學到中學都同校，所以不會忘記名字，可是，或許因爲我和那個孩子只做了一個夏天的朋友。我在美國草原的池塘邊，沉迷觀察蟬的羽化，是在小學五年級或六年級的夏天，夏天結束後，那個孩子就沒出現了。」

媽媽兩手握住馬克杯，像在進行什麼儀式般，慢慢地喝光熱可可後，抬起頭看向爸爸。

「你記得，小萌第一次說鏡子裡有男生的時候，我說有一種叫『三面鏡法術』的事嗎？」

「嗯，我記得，妳說使用那種法術，不管什麼東西都能關進鏡子裡，是嗎？」

爸爸一臉不解地看著媽媽，媽媽點點頭。

「聽媽媽說沒看到跟你在池塘玩的朋友時，我也跟媽媽想的一樣，那個孩子不是人類……應該是池塘守護神吧。

小萌說那個孩子在鏡子裡，爲什麼池塘守護神會在鏡子裡？而且是被三島抓到的，三島和他的朋友幹勁十足地說要去抓河童，也就是說池塘守護神被他們抓了。

我想，或許寺廟家的小孩三島問了家裡的誰，知道了三面鏡法術；也或許是聽了關於傳家寶鏡子的故事，『以前有和尚利用這個鏡子，使用三面鏡法術，消滅了妖怪』，於是，他想試看看這個法術。」

「小孩玩遊戲似的，有可能真的使用那個法術嗎？那個三面鏡法術是……」

爸爸一問，媽媽立刻點頭。

「使用那個法術不需要特別的能力，三面鏡法術原本就是用來抓惡靈和妖怪，就像籠子一樣把東西關起來，唯一的問題是工具，也就是說只要有陷阱的話，根本不需要技巧。

我也沒有實際看過別人使用三面鏡法術，不過，只要把三面鏡子放在正三角型的頂點，讓三面鏡子可以互相映照。

要捕抓的目標沒注意到這個陷阱，一不小心就會踏進正三角型裡，他被鏡子照到的話，就完蛋了，這時他就會被關進鏡子裡。

要使用這個法術的人，只要把鏡子擺在正確的位置，再來只要等對方走進陷阱就好了。如果這個鏡子原本就是爲了使用這個法術而做的特別鏡子，那麼一來，就連三島也能抓到河童。」

「可是媽媽妳不是說過？鏡台上的鏡子只有兩面，還有一面鏡子到哪兒去了？」

小結問，媽媽皺起眉頭思考。

「我也不知道，會不會本來有三面鏡子，因爲寺廟發生火災，所以另一面鏡子不見了，還是有某些原因，被別人拿走了……」

「所以，妳真的認爲池塘守護神被關在鏡子裡？」

爸爸一臉茫然地看著媽媽，然後慢慢地看向鏡台。

「那……如果把鏡子送到神社，池塘守護神會怎樣？」

小匠詢問。

「如果拿去神社供養，池塘守護神能夠從鏡子裡出來嗎？」

「要解開三面鏡法術只有一個方法，非常簡單、非常容易的方法。」

媽媽說到這裡，稍稍猶豫一下。

大家的視線集中在媽媽身上。

「媽媽，告訴我們，媽媽妳知道這個方法，對不對？」

小結著急地追問媽媽。

媽媽看了看大家，吸了一小口氣，慢慢地說。

「任何人只要叫被關在鏡子裡的人的名字就好了，如此一來，被關在鏡子裡的人，就可以到外面來。」

「欸？」爸爸驚訝不已，小結和小匠面面相覷。

「就這麼簡單？只要叫名字，就可以出來了？」

小結不敢相信，再問媽媽。

「沒錯，是很簡單，但我不認爲是安全的方法。有人被關在裡面，只要叫他的名字就好了。如果在鏡子外面的人沒有叫他的名字，他就沒有辦法出來。就如同從外面用鑰匙打開門一樣。」

「那麼……那個孩子該不會……」爸爸緩緩地說。「那個池塘的守護神希望我叫他的名字，是不是希望我在鏡子外叫他，所以才到我們這裡來？」

小匠突然眼睛一亮，看著爸爸。

「所以，還是不要把鏡子送到神社去，一定要讓池塘守護神出來，因爲他是爸爸的朋友啊。」

問。

「可是，爸爸真的知道他……那位池塘守護神的名字嗎？」小結

「我不記得我有問過那個孩子叫什麼名字，我連他的綽號都想不起來。」

「也不是沒有辦法。」

媽媽平靜地說。

「神的名字本來就很像綽號，日本有八百萬個神哦。書、石頭、草、池塘、山、河裡都有神。池塘守護神也是一種神，奶奶不是說過，以前那個池塘的水神有被供奉。

不過，有人會知道神的本名嗎？神的名字幾乎都是後來人類自己取的。

大朴樹的附近就會有朴樹神，住在甲山上的就叫甲山大明神，爲了區別各種不同的神，人類才會想到以土地名稱之類的方式來命名，

所以才有聽來很像綽號的名字，不是嗎？一位神明也會有許多不同的稱呼。

因此那個美國草原的池塘守護神在被供奉時，或許就有名字了。不過，在那個夏天，如果爸爸有另外叫那個池塘守護神別的名字，那麼，那也是池塘守護神的名字。」

爸爸一動也不動地看著遠方，拚命回想。

「……可是……不過……」

小結遲疑了一下，接著說。

「……如果，爸爸想起祂名字，讓池塘守護神從鏡子裡出來了……然後呢，該怎麼辦？因為美國草原的池塘已經不在了，池塘、草原都不在了，不是嗎？奶奶說現在那邊已經蓋了公寓了啊。」

小匠看著多慮的小結，有點不以為然地說。

「這種事等讓他出來後再煩惱就好了，不然就讓他住在我們家附近的池塘……啊！對了，大不了讓他住在我們家的浴室嘛。」

「你真的很白癡耶。」

小結用一副很受不了的表情看著弟弟。

「繼小龍之後，要讓池塘守護神住在我們家的浴室？」

小匠正打算跟小結說什麼時，媽媽嘆著氣說。

「不行哦，這個池塘不行，就去那個池塘，這樣是不行的，當然也不可以住在我們家浴室。

美國草原的池塘守護神，只能住在美國草原的池塘，所以他才是池塘守護神啊。」

媽媽的話讓大家沉默下來。

「把鏡子送到神社去，鏡子會怎樣？要怎麼供養？」

小匠小聲地問。媽媽原本打算回答，最後卻沒說話，只是沉默。

不過，小結大概瞭解媽媽沒說的話。

最後鏡子壞掉後，一定是被丟掉，或燒掉。

「……這樣或許比較好。」媽媽自言自語。

「明天還是送去神社，拿去供養比較好。因爲那個池塘已經不在了，池塘守護神也應該不在了……那個鏡子裡的池塘守護神就像幻影、影子一樣……」

小結和小匠面面相覷，說不出話來。

當天晚上，爸爸很晚才睡，一個人坐在客廳的沙發看《法布爾昆蟲記》，這是第二天早上，媽媽偷偷告訴小結的。

那天晚上，沒有發生任何怪事，古老的鏡台沒有晃動，也沒有東西從鏡子裡跑出來。

然後，隔天早上，信田家一家人很晚才吃完早餐，大家一起把鏡子放進爸爸的車裡，前往井筒八幡。

跟昨天的天氣完全不同，今天是暖和、晴朗的星期日。

冬天的太陽在水藍色的清澈天空上照耀，寒冷的銀色光芒四射，山上的深綠色樹林上閃爍著微弱的光芒，而在路旁的芒草上也有淡淡的光。

爸爸開車離開街道，往山區走，走在郊區寬廣的柏油路上。星期日總是會塞車的中央線，今天很順暢，所以才三十分鐘，就已經接近目的地井筒八幡了。

「因爲提早到了，看要不要先去哪裡吃個便當？」

「贊成！」

小萌在後座跳起來。

「喂，妳不要亂跳！」

小匠唸她。

「小萌肚子餓了！」

就算被唸，小萌還是心情很好。

# 10 三面鏡法術

「真的嗎？已經肚子餓了嗎？剛剛出門前不是才吃完早餐，妳還多吃一碗飯耶……」

媽媽驚訝地看著小萌。

這一天，要在車程中吃簡單的午餐，媽媽幫大家準備了便當。有海苔飯糰、煎蛋捲、滷竹輪、鹹鮭魚、芝麻四季豆等，放在兩層的便當盒裡。

「昨天在電話中，我說中午過後會到，太早去的話不太好，看要不要先把車停在哪兒，去走一走，消磨一點時間。」

奶奶這麼提議，於是大家決定休息吃便當。

爸爸把車開離國道，開上沿著山形建造的東西向舊街道。走在這狹窄的道路上約十分鐘，就可以看到以前來過很多次的元祿池。

池塘的周圍是種有行道樹的步道，綠地上設有長椅，道路旁還有可以停放數輛車的停車場。把車子停在這裡，爬一小段山路，就可以到達菖蒲園裡很著名的天澤寺。

在菖蒲盛開的季節，車子會沿著步道會停的滿滿，元祿池會變得非常熱鬧。但是在接近耶誕節的十二月星期日，沒看到什麼遊客。

爸爸正在把車停進停車場，小匠小聲嘟囔。

「我真的還不餓……」

「我也是，還吃不下飯糰，奶奶妳呢？」小結問。

「嗯，這個嘛……」

奶奶帶著微笑，模稜兩可地回答。

「如果去天澤寺參拜，應該接近中午了吧，雖然沒有菖蒲可看，不過，參拜的道路很舒服哦，我們去杉木林走一走，一定很快就餓了。」

媽媽如此提議，大家散散步，還可以順便走到天澤寺。

可是，爸爸說他留在車上就好了。

「大家去走走，我留在這裡看便當。」

「不要啦，爸爸也一起去啦！」

小萌嘟起嘴，媽媽立刻牽起她的手，往前走。

「沒關係，沒關係，爸爸昨天很晚才睡，就讓他在車上休息吧。」

媽媽說完後，朝參拜的道路走去，突然看到小萌的右手，露出微笑。

「小萌，妳拿著奶奶送妳的包包啊，看起來鼓鼓的，妳放了什麼東西？」

「娃娃哦。」

小萌一本正經地回答，得意地晃了晃右手提的粉紅色手提包。

「跟媽媽的一樣哦，小萌跟媽媽的一樣哦。」

媽媽微笑，也晃了晃左手提的黑色皮包。

「對啊，一樣的哦。」

奶奶跟在媽媽和小萌的後面。

「爸爸，我們出發了哦！」

小結和小匠兩人並肩走在最後面，小結跟頭探出車窗的爸爸揮手。

「爸爸果然還在煩惱……」小結對小匠說，「真的很不想把關有池塘守護神的鏡子送去神社……」

「就算不想，也已經決定了。」

小匠一臉不高興地說，沒有看小結，繼續走。

大家常常停下腳步，眺望元祿池的水面，看看綠地上的小菊花，慢慢往山上走。雖然今天有冬天難得的溫暖陽光，不過，還是有寒冷的北風吹來。

所。

終於走到杉木林的參拜道路時，小萌突然停下腳步，說她想上廁

「那就要回到步道那裡，廁所只有那裡有……」

媽媽嘆口氣，看著小萌。

「幹嘛不早點說，剛下車時就說要上廁所不就好了。」

小匠一唸她，小萌立刻回嘴。

「可是我剛剛就不想去嘛。」

「好、好。」

媽媽拍拍小萌的頭，點頭。

「好，媽媽帶妳去，小結、小匠跟奶奶先去天澤寺。」

結果，奶奶說：「不然，我跟小萌一起去洗手間，反正我本來就打算待會兒去，小萌，跟奶奶一起去，好不好？」

「好！」

小萌非常開心地拉起奶奶的手。

「可是，妳們知道洗手間在哪兒嗎？跟剛剛走的步道是反方向的地方……我也一起去好了。」

媽媽說，奶奶笑著搖頭。

「不用，不用，走過去就知道了。」

「那我跟妳們一起去。」

奶奶太過樂觀，讓小結有些擔心，所以想陪她們去。

「媽媽和小匠先去，我們很快就會到。」

於是，最後小結、小萌和奶奶沿著池塘的步道走，跟剛剛走的是反方向，往廁所走去。

「妳幫我拿。」

小結接過小萌的粉紅色包包，發現滿重的。

「裡面裝了什麼？小兔子和小熊布偶嗎？」

小結納悶地問正要進廁所的小萌。

「才不是，是娃娃，不是奶奶送的禮物，是鬼丸爺爺送的禮物。」

「爺爺送的禮物？」

小結看著關上的廁所門，一頭霧水，突然恍然大悟。

「妳說的娃娃，該不會是……稻草人？」

「對啊。」

奶奶有點難為情地笑了，看著小結。

「小萌很喜歡那個稻草人，睡覺的時候也要抱著它，所以我想既然小萌這麼喜歡，就送給她好了……妳媽媽會不會不高興？」

「我……我想媽媽應該不會不高興啦……」

小結驚訝地回答。想不到自己的妹妹居然會喜歡那個稻草人，喜歡到抱著睡覺，她忍不住嘆氣。

不過，對奶奶來說，這樣或許比較好。因爲把詛咒的稻草人帶回家，是很危險的事……

小結靠在步道的欄杆，邊等在廁所裡的小萌和奶奶，邊眺望池塘。可以清楚看見山影倒映在元祿池的水面上、看見爸爸的車停在池塘的對岸，還看到爸爸坐在車子旁樹影底下的長椅上。坐在長椅上的爸爸正在看放在腳上的書。

「爸爸把《法布爾昆蟲記》也帶來了……」

小結想起媽媽說，昨晚爸爸看《法布爾昆蟲記》看到很晚。

這個時候，冷不防有人從後面伸手過來，突然蒙住小結的眼睛。

「是誰？」

「欸……」

在被蒙住眼的黑暗中，小結納悶地想。

「……媽媽？」

突然蒙住小結眼睛的手拿開了。

「答對了！」

小結回頭，看到媽媽笑咪咪地站在後面。

「怎麼了？發生什麼事了？」

小結一臉不解，媽媽應該已經去天澤寺了，爲什麼還特地跑來廁所。

「哪有怎樣。」

媽媽聳肩，噗哧一笑，這個時候剛好奶奶和小萌一起走出廁所。

「哎呀……幸也來了？」

奶奶看到媽媽，嚇了一跳。

「因爲妳們一直沒來，我想說怎麼了，所以來看看。我們趕快去天澤寺，小匠在等我們。」

媽媽說完後，突然抓起小萌的手，急忙走上步道。

「姊姊，包包給我。」

被媽媽拖著走的小萌，回頭跟小結說。

「欸？啊……包包。」

小結把粉紅色的包包塞進小萌另一隻手裡，覺得納悶。有點奇怪，總覺得不太對勁。

媽媽牽著小萌飛快地走在步道上，小結和奶奶跟在後頭。因爲擔心小匠一個人在那裡，所以媽媽走得很快，小萌被強拖著走，奶奶則沒有趕上來，就快要抵達參拜道路的入口。

「媽媽，等一下，走慢一點啦。」小結抱怨的時候，步道旁的車道上有一台白色車子開過去，跟小結她們擦身而過。

「小萌，很危險哦，往裡面走一點。」

奶奶看到小萌走在靠車道這邊，從後面喊。

此時，小結覺得腦中的警報器在響。

鈴鈴鈴——！注意！注意！

**是小季！**

小結確信，現在牽著小萌的手、走在小結前面的，不是媽媽！那是變身成媽媽的小季！

一開始媽媽蒙住小結眼睛出現時，小結就覺得有點怪怪的。

小結問「發生什麼事」時，媽媽說「哪有怎樣」，聳聳肩，噗哧一笑，那個動作是小季的動作。

媽媽才不會在明明知道奶奶走不快的情況下，卻拖著小萌走得很快。而且媽媽牽著小萌時，絕對不會讓小萌走在靠近車道的那一邊，而是媽媽走在外側，小萌在內側。

一行人已經快到天澤寺的參拜道路，在杉木林裡的凹凸不平道路上，變身成媽媽的小季走路速度完全沒變慢。

「媽媽！」

小結終於下定決心，出聲叫。

「媽媽，等一下！我有話要跟妳說！」

小結叫了第二次，媽媽才終於停下腳步，不安地看著趕來的小結和奶奶，站在媽媽旁邊的小萌氣喘吁吁地說：「啊，好累哦。」

「小萌和奶奶先走，慢慢走就好了。我有話要跟媽媽說，我們走在妳們後面。」

小結這樣決定，小萌和奶奶先走之後，她和媽媽站在參拜道路的中間，小聲地一語道破。

「我知道了，妳是小季，妳是小季變身的……」

媽媽臉上浮現複雜的表情，她皺起眉，露出試探、揣測的樣子，盯著小結瞧。

「不要騙我了，妳已經被我識破了。」

小結這麼說，讓小季無話可說，於是，眼前的媽媽喘了口氣，聳聳肩。

「真是的！被妳發現了，妳這個小孩真是！」

這個乾脆、粗魯的語氣，完全就是小季的語氣。

「爲什麼會發現？我變身得很完美耶！我是哪裡變不好？妳明明沒有了順風耳，爲什麼看得出來？」

「我就是知道，就算外表看起很像，妳說話的方式和態度跟媽媽完全不一樣，而且，媽媽也不會硬拖著小萌走。」

小季生氣地用鼻子「哼」了一聲後，往前走。小結也來到她旁邊一起走，然後安慰生氣的小季。

「不過，光看外面是很完美的，跟媽媽好像……應該說就是媽媽。」

「那是當然的啊！」

小季轉過頭來，看了小結一眼。

「我是變身達人耶，在變身成人類的技術裡，這是超級難的耶。不是隨便變成一個人，而是變成很像某個人，這可是絕招中的絕招。在狐狸族裡，會使用這種『水鏡術』的狐狸可沒有幾個呢。」

「什麼？三面鏡[2]？」

小結不由自主地反問。

「不是三面鏡，是水鏡。以前沒鏡子時，想要看自己的樣子，就只能去看水的倒影。而水鏡術，就像水的倒影一樣，變成某個人的樣子。最近，有鏡子這種便利的東西，變身就更容易了。

早上，你們媽媽在穿衣鏡照鏡子時，我就把她的樣子複製下來了，怎樣？很像吧？」

小季把手放在腦後和腰上，故意擺出模特兒的姿勢。不過，小結完全沒有在看小季，而是在想另一件事。

三面鏡……水鏡？美國草原的池塘。

搞不好一開始就只有兩面鏡子而已……根本沒有第三面鏡子，是不是把美國草原的池塘當作第三面鏡子……？也就是水鏡……

爬上最後的石階，終於快到天澤寺的大門。

小結爬上石階時，看到走在前面的小萌和奶奶。可以看到在他們倆的前面是寺廟的小山門。

此時，小結腦中的警報器又響了。

在她旁邊的是假媽媽，而山門那邊有真媽媽在。再這樣下去，真媽媽和假媽媽會一起出現在奶奶面前……

「小季！」

小結甩掉腦中的想法，很兇地看著小季。

2 日文中「水鏡」與「三面鏡」的發音很接近

「妳快點消失。」

「爲什麼？」

小季動作敏捷地爬上石階，淘氣地笑。

「如果小季不消失，就會有兩個媽媽！如果奶奶看到這種情況，會怎麼想？」

「該怎麼辦呢，好像很有趣耶……」

小季眼睛往上看，假裝在思考。

「小季，妳不要太過分！」

小結嚴厲地斥責她時，已經看到媽媽和小匠在山門那裡。

「奶奶！等一下！」

小匠向他們揮手，在小結旁邊的小季以媽媽的樣子開心地跟他揮手。

小匠大吃一驚，立刻明白，而站在小匠身旁的媽媽已經愣住了。

然後，奶奶吃驚地停下腳步。

「小季，快點！」

奶奶抓著石階的欄杆，慢慢地回頭。

「快點！消失！快點！」

「好、好，知道了，知道了。」

小季碎碎唸著，在小結旁邊消失。

回過頭來的奶奶，不可置信地看看四周。

「小結，媽媽呢？剛剛不是和妳一起，走在我們後面嗎？」

奶奶問爬上石階的小結。

「啊……啊，我跟媽比賽誰先到山門。我走石階，媽媽石階走到一半，就走旁邊的路去山門，我輸了……」

小結勉強編個理由，故意大聲地說，讓媽媽可以聽到。

奶奶還是那副不可置信的表情，緊盯著小結。

「好像哪裡不太對勁……哪裡怪怪的……」

聽到奶奶的嘀咕，小結覺得奶奶的懷疑很合理。

# 11 鏡子裡的遙遠夏天

通往菖蒲園庭院的門關起來了，不過，大家還是在正殿前合掌，因爲沒辦法待在屋簷下，大家就坐在佛堂前的階梯上，在陽光底下休息。

「好漂亮的茶梅！」

奶奶和小萌一起走去看白色茶梅花，坐在階梯上的小結、小匠和媽媽安心地對看。

「那是小季吧？」

小匠問小結，小結點點頭，媽媽和小匠彼此互看。

「……所以，姊姊有發現？識破小季的變身？還是看到真的媽媽才發現？」

「我早就發現了。」

小結有點得意地說。

「因爲小季跟媽媽一點都不像，她用力拖著小萌，完全不管奶奶，就一直往前走……」

「所以，比賽是姊姊贏了，小季應該很不甘心。」

小匠開心地說，小結笑著點點頭。

「對，她很氣，她說比起變成人類，要變成像另一個人是超難的。啊……對了，媽媽。」

小結想起小季提到的水鏡，看向媽媽。

「小季說，要複製一個人的樣子來變身時，因爲以前沒有鏡子，所以用水映照出來的樣子來複製，因此，化身成別人的法術叫水鏡術……

從這點來想的話，三面鏡法術是不是也是這樣的……？所以，我想一開始就只有兩面鏡子，第三面鏡子是水鏡。第三面鏡子就是美國草原的池塘。」

媽媽沒說話，小結以爲媽媽沒聽到她的話，轉頭看媽媽。

「媽媽，妳在聽嗎？」

「怎麼辦……」

媽媽自言自語。

「什麼？」

小結目瞪口呆地和小匠對看。

「怎麼辦，我以爲沒有三面鏡子，就沒問題了，還很放心……」

媽媽說完，突然站起來。

「媽媽，怎麼了？妳在想什麼？」

「要快一點！爸爸有危險！」

說完，媽媽立刻跑下去，小結和小匠不由自主地追上去。

「媽媽！妳要去哪兒？」

小萌在後面大喊。

「換媽媽要去上廁所！我也要去！」

小匠突然想到這個藉口，大喊，矇混過去。

「妳們等一下！我們馬上回來！」

小結這樣補充後，跑出山門，跟在媽媽後面。

「媽媽，媽媽！怎麼了？」

「池塘守護神可能會從鏡子裡出來。」

媽媽邊跑邊回答，三個人先後跑下石階，跑上參拜道路。

「關著自己的鏡子就要被送到神社去了，這樣一來，鏡子和自己都會消失，所以他一定要從鏡子裡出來。

兩面鏡子，再加上一面——元祿池的水鏡，三面鏡子就到齊了，他一定可以操縱誰，把三面鏡子擺在對的位置……，然後，爸爸只要想起池塘守護神的名字就好了……」

「操縱？被關在鏡子裡可以做到嗎？」

小匠氣喘吁吁地問，媽媽點頭。

「應該可以，懲罰三島家，還有讓三島把鏡子送到爸爸家來，我想這都是池塘守護神做的……池塘守護神操縱三島，把鏡子送到爸爸家。

如果不是被奶奶收到倉庫裡，那個鏡子應該早就送到爸爸這裡了。」

終於看到參拜道路的出口，可以看到在杉木林隧道的另一邊有冬陽。

「該不會我們也已經被池塘守護神操縱了……要去神社的路上，在元祿池邊停了車……留下爸爸一個人，而我們去了天澤寺……」

小結的心裡出現很深的不安。

**如果池塘守護神已經出來了，怎麼辦**？

小結把這個問題放在心裡，沒說出來，快速跑向前方出口。

從昨晚開始，爸爸已經看了三遍《法布爾昆蟲記》。

被媽媽問知道那個孩子的名字時，不知道爲什麼，那一瞬間，爸爸腦中閃過這本書。那時，爸爸就領悟到線索在這本書裡，似乎是《法布爾昆蟲記》在說「答案就在這裡哦」。

爸爸反覆看了好幾次，卻還是找不到答案。

好像快想起來了，卻還是想不起來——在那個遙遠的夏天，朋友的名字。

當然爸爸很清楚，就算想起名字了也沒有用，因爲池塘守護神即使從鏡子裡出來，他也沒有家可以回去了，那該怎麼辦？

可是，就算這樣，爸爸還是想要記起那個孩子的名字。

一起共度那些愉快、珍貴時光的朋友，爸爸居然忘記那個朋友的名字……這是多麼過分的事。

如果那個鏡子和那個孩子就這樣消失了，就沒有人會想起那個孩子的名字，或許也沒有人會想起那個孩子——就好像一開始那個孩子就不存在一樣。

爸爸大大地嘆了一口氣。

「我到底叫他什麼名字？用昆蟲的名字當綽號嗎？爬蟲類……爬蟲？蜻蜓……蟬丸……不對、不對，不是這種名字……」

——小一——

好像有誰在叫爸爸，不過，現在應該沒有人會這樣叫爸爸。

——小一——

爸爸的眼睛離開書本，四下張望，元祿池的四周沒有其他人，寒冷、像絲綢般的冬天陽光，安靜地灑落在池水上。

——小一——

又一次，清楚的，叫爸爸的聲音。

爸爸把放在腳上的書，輕輕地擺在長椅上，伸長身子。

「你在哪裡？」

——你看一下鏡子——

那個聲音說。

爸爸慢慢站起來，站在停放在停車場的車子後車箱前，打開後車箱，突然看到橫放的鏡台旁的雙面鏡。

爸爸做了一次大大的深呼吸，然後，輕鬆地把手伸進後車箱裡，拿起緊閉的對鏡，將兩面鏡子打開。

爸爸屏住氣，輪流看兩面鏡子，可是，鏡子只映照出淺藍色的天空，和正在看鏡子的爸爸。

「……爲什麼……果然是我聽錯了……」

爸爸刻意發出聲音說，正要把兩面鏡子蓋上時，突然聽到開朗的笑聲。

聽來似乎很愉快、滑稽，不知如何形容，竊笑聲聽來相當興奮，還笑得東倒西歪。

——是幻聽了嗎？該不會已經癡呆了？也太早了吧！——

爸爸驚恐地再看一次鏡子。

——小一，是我啦，你看得到我嗎？你已經長好大了，看起來……看起來就像歐吉桑——

「我已經是歐吉桑了啊，我是三個小孩的爸爸了。」

爸爸對著鏡子裡自己的臉說，鏡子裡果然什麼都沒看到，但是，耳朵聽到的聲音，是爸爸聽過的聲音。

這個稚氣未脫，卻有點裝大人、沉著冷靜的說話方法，爸爸清楚地記得。

在那個遙遠夏天的傍晚，看到破殼而出像精靈般、白色的蟬，爸爸覺得那位一起等待、讚嘆、嘻笑的朋友，馬上就要出現在眼前的鏡子裡。

「你在裡面嗎？我看不到你……」

爸爸小聲地說，立刻聽到那個孩子的聲音。

——或許是鏡子的方向不對。

你照我說的來放鏡子，這樣你就可以看到我——

爸爸照他所說的做，先把一面鏡子放在池塘上方的楓樹樹枝上，掛在樹枝間的鏡面照著元祿池的水面，閃閃發亮。

——OK！很完美。

你坐在長椅上，看看另一面鏡子。

對對，再高一點，往右邊一點……——

爸爸坐在長椅上，獨自看著圓鏡，完全沒有留意到，一面鏡子放在樹上、一面鏡子拿在手上，與元祿池的水面連成一條直線，恰好形成正三角形……

——啊啊……再往左邊一點——

然後，爸爸依照聲音的指示，將鏡面稍稍往左邊移時，終於，三面鏡子形成正三角形。

那一瞬間，爸爸看著圓鏡的鏡面，看到如同漣漪蕩漾的情景，爸爸屏住氣，突然看到漣漪的另一邊浮現了一張臉。

整齊的瀏海下有一雙發亮的大眼睛，從鏡子那頭看著爸爸。

「啊啊……」

爸爸呢喃，張大嘴。看到那個孩子的臉的瞬間，爸爸腦中突然清

楚地浮現那個遙遠的夏天、那個孩子的名字。

總是一起在池塘邊觀察昆蟲的朋友。

「我是小一，你是？」爸爸問，不過這個男孩連名字都沒有，於是爸爸就幫他取了一個綽號。

「一整天都在觀察昆蟲，你跟法布爾一樣……」

爸爸看著鏡子裡的朋友，不由自主地喊出他的名字。

「亨利！」

媽媽、小結和小匠跑了半圈的步道，急忙跑到停車場，可是爸爸沒有坐在長椅上。

「爸爸！爸爸！」

媽媽邊大聲地叫爸爸，邊往車子裡看，果然爸爸也不在車裡。

「媽媽！妳看！」

跑到長椅的小結發出驚叫聲。

《法布爾昆蟲記》就放在長椅上，還有那面有把手的圓鏡。

「媽媽，那裡也有！那裡也有鏡子！」

小匠指著掛在楓樹樹枝間另一面發亮的鏡子。

媽媽就像壓抑住哀號聲似的，緊緊握住拳頭，遮住嘴巴，吸了一大口氣。

「怎麼辦！怎麼辦！怎麼會這樣！他爲了自己可以出來，就讓爸爸代替他到鏡子裡！一定是鏡子的門打開的瞬間，爸爸就被關進去了！」

「媽媽……妳冷靜一點……冷靜一點，就算爸爸被關到鏡子裡了，我們可以把他叫出來，不是嗎？我們叫他的名字，再把門打開來，爸爸就可以出來了……是這樣沒錯吧？」

「我不知道……」

媽媽無助地搖頭。

「如果池塘守護神不放爸爸走……抓住爸爸，把他關在鏡子裡的話，或許沒辦法輕易地把他叫出來。」

「不會這樣的。」

小結驚訝地大叫。

「爲什麼要這樣對爸爸？他又不恨爸爸，不會做這種事吧！」

「對啊！要恨的話，也是恨三島啊，跟爸爸又沒有關係。」

小匠抬頭看掛在樹枝上的鏡子，提出抗議。

「把爸爸還給我們！」

小結瞪著鏡子，向池塘守護神呼喊。

「把爸爸還給我們！」

小匠也說。

「喂！要還什麼東西？」

這個時候，聽到了爸爸的聲音。

「欸！」東張西望的三個人大吃一驚，看到爸爸悠閒愉悅地從另一邊的步道走過來。

「爸爸？」

小結愣住，瞇著眼睛看，像是要確認是否真的是爸爸。

「真的是爸爸……？」

應該不可能又是小季變身的。

「到底是怎麼一回事？」小匠一臉不解。

此時，媽媽跑了起來。爸爸被在步道上猛衝過來的媽媽嚇了一跳，小結和小匠則站在長椅旁，愣愣地看著。

「怎麼一回事？」

小匠又說了一次，站在旁邊的小結大大地嘆了一口氣。

「至少爸爸沒事了，池塘守護神沒有把爸爸關到鏡子裡，我們說了不該說的話。」

爸爸和媽媽一起回到車子旁，小匠問：「你去哪裡了？」

爸爸回答：「我去上廁所。」

小結立刻責備爸爸。「你去上廁所？就把書和鏡子就丟在那裡？車子也沒上鎖？」

「……哎呀。」爸爸困窘地抓抓頭。

「因爲突然發生很多事，一下子反應不過來……所以想說去廁所洗洗臉。」

「發生了什麼事？」小匠問。

爸爸把原本想說的話吞進去，沉默下來，注意到媽媽一直看著他，他看著媽媽，點頭。

「嗯……其實我去鏡子裡了。」

「欸——！」

小匠和小結異口同聲地大叫。

「所以，所以你果然被池塘守護神抓走了？你被關到鏡子裡了?!那你怎麼跑出來的？」

小結接二連三地提出問題，爸爸笑著搖頭。

「不是這樣，池塘守護神沒有做那種事。他只是邀請我去鏡子裡玩一下。」

「邀請？」

小結嘟囔，和小匠對看。小

匠興致盎然地問爸爸。

「怎麼一回事?去鏡子裡……裡面有什麼?」

爸爸看向元祿池，好像在回味般，吸了一口寒冷的冬天空氣。

「風是……熱的，風裡有炎熱夏天的味道，很高、很藍、發亮的夏空，和很大聲的蟬叫聲，空氣中還有草的溼氣……

那裡有應該已經消失的美國草原和被樹林包圍的小池塘。爸爸站在池塘邊的草地上，看到陽光穿過樹稍照在水面上。」

爸爸幽幽地看著元祿池，好像那個風景就在眼前。

「鏡子裡是那年夏天……很遙遠、以前夏天的那一天，就這樣原封不動地被關進鏡子裡。」

在冷冽的空氣裡，大家暫時沉默了下來，眺望著元祿池。

「爸爸在那裡有遇到池塘守護神嗎?爸爸有想起來他的名字嗎?」

小匠又問爸爸。

「有……」爸爸露出溫柔的笑容。

「我看到他的那一瞬間，立刻想起他的名字，一開始答案就在那本書裡……不，在書的封面上……就有了。

那位總是在觀察昆蟲、不知道自己的名字、沉默寡言的朋友，爸爸覺得他很像我非常喜歡的法布爾先生。所以我幫他取綽號叫做『亨利』，我把尚—亨利·法布爾的中間名字拿來用。」

「那個孩子……池塘守護神怎麼樣了？」

這次換小結發問。

「爸爸想出他的名字了，他不就可以從鏡子裡出來？爸爸有把池塘守護神弄出來嗎？還是，他還在鏡子裡？」

「亨利很清楚，他故鄉的池塘已經不在了，不論是在鏡子或任何地方，他自己都心知肚明。亨利也知道，他只能待在鏡子裡頭那個遙遠夏天的池塘。所以，他現在還在鏡子裡，以後也只能一直待在鏡中的夏天。」

爸爸說完後，吸了吸鼻子，仰望天空。

爸爸一定是在哭……小結心想，覺得有點難過。

「他一定想從鏡子裡出來，他好不容易才來到你身邊……」

媽媽首次開口說話。爸爸的眼神從天空移到媽媽身上，笑著點點頭。

「亨利說，他是想要把放在他那裡的書還給我。其實他很寂寞，想要跟我一起玩吧。

一個人待在那個不論過了幾年、幾十年，還是幾百年，都不會變的夏天裡，重複看幾百次、幾千次蟬的羽化，一定很無聊吧。

所以，亨利應該很想約我一起玩，就像小時候，朋友來找我說：『小一，一起玩』那樣，可是……」

爸爸說到這裡停下來，大大嘆了一口氣。

「爸爸早就已經過了一起玩的年紀了，我已經不是那個夏天跟亨利一起玩的我了。我跟亨利再看了一次，在三葉杜鵑樹叢的樹枝上羽化的蟬，當看到雪白、閃亮的蟬從殼裡面出來後，亨利跟我說：『掰掰』。然後，我就回到這裡了……就這樣。」

冬天的太陽不夠溫暖，冷風吹過每個角落。爸爸伸手拿下放在楓樹上的鏡子，和長椅上的鏡子合起來，將鏡面蓋住。

「這個鏡子不送去井筒八幡了，我要帶回家去。」爸爸斬釘截鐵地說。

「帶回家後，要做什麼？」小結問。

「沒有……沒有要做什麼，就收進壁櫥裡。」

「可是……不會有危險嗎？」

「小結妳說的『危險』是什麼？」

媽媽責備小結的用詞，皺起眉頭。

「因爲，要把有池塘守護神的鏡子帶回家……」

「又沒什麼關係。」小匠打斷小結的話。

「如果是別人家還另當別論，可是我們家本來就有很多危險。常有奇怪的親戚進出，還會帶鬼魂來，還有櫃子的抽屜可以通往異世界。所以，只是多一個，哪會怎樣。」

「可是……」小結打算說話時，媽媽突然大喊：「啊！糟了！」

「我完全把小萌和奶奶忘記了！趕快去叫她們回來，跟她們說不去井筒八幡了。然後，我們來吃便當吧，去那個有桌子的長椅吃。」

小匠去叫奶奶她們，小結來幫忙打開便當。

「厚，真是的……」

小匠跑向步道，小結看著他的背影碎碎唸。

「都沒人要聽我說話……」

聽到後面有聲響，小結回頭，看到爸爸打開後車箱。

爸爸把疊在一起的圓鏡放進後車箱，輕輕地把《法布爾昆蟲記》放在上面，手放在後車箱的門上。

然後，小結目不轉睛地看著爸爸沒有發出聲音的說了一句話，爸爸的嘴巴慢慢動，小結讀出爸爸說的話。

——掰掰，亨利。——

接著，爸爸使勁地關上後車箱。

# 最棒的耶誕禮物

當爸爸說「鏡台還是放在家裡就好」時，奶奶一臉「真是糟糕」的表情，不高興地點頭。

「那個鏡子只是暫時放在我那裡而已，本來就是你的東西，如果你想這麼做，那就這樣吧。只不過家裡放這種東西，如果讓你發生不好的事，那就不好了。」

「沒問題的，這個鏡子不是什麼不好的鏡子，絕對不會發生什麼不好的事，這個我可以保證。」

爸爸自信滿滿地斷言，奶奶的臉色更沉重了。

「你還是一樣好事，就是因為這樣，你從以前就總是喜歡人類以外的東西，對吧？不管是昆蟲、蛇，還是池塘守護神……幸妳說對不對？」

媽媽突然被奶奶徵求意見，嚇了一大跳，生硬地點頭。

「嗯……嗯，或許真的是這樣。」

小結在媽媽的後面，偷偷跟小匠交換眼神，小聲地說：「奶奶太厲害了。」

就這樣，大家在元祿池旁吃完便當後，就回家了。爸爸打電話去井筒八幡道歉，最後，那個古老的鏡台和鏡子就留在小結他們家了。

回到家，休息片刻後，奶奶開始收拾明天要回家的行李，小結有點捨不得。

她原本一直希望這三天趕快過去，可是奶奶在的每一天都很開心。

大家一起去溫泉中心，在休息室玩撲克牌，圍在餐桌熱熱鬧鬧地吃壽喜燒……

明天小結他們在學校的時候，奶奶就回去了。而且，今年寒假也不去奶奶家……想到這裡，小結覺得有點難過。

平靜的星期日傍晚，爸爸和媽媽去附近的超市買晚餐，因爲舟車勞頓，小萌躺在客廳的沙發上睡覺，身上裹著媽媽幫她蓋的毯子。小匠突然想起來還有作業沒寫，進房間去寫功課了。

小結不禁想找人說話，她坐在正整理著行李的奶奶身邊，不時幫奶奶搥背，或說說話。

「啊！明天奶奶就要回家了。」

「你們再來門前町玩啊。」

奶奶看著小結，微笑說。

「今年因爲要改建倉庫，寒假時沒辦法讓你們來，但是，等天氣變暖時……不然，乾脆春假的時候，你們來玩吧。」

「真的？真的可以去嗎？」

小結興奮地問，奶奶也興高采烈地回答。

「春天時，有東光寺的祭典，可以去摘艾蒿，做成糯米糰子。爺爺或許可以去夏越川釣魚。春天時，有很多小魚……」

「要去！一定要去！」

就在小結興奮地大喊時，和室的門被打開，小匠突然探頭進來。

「姊姊，妳來一下，來一下。」

門只打開一個小縫細，小匠只伸進了頭和右手，招手叫小結過來。

「幹嘛？有什麼事？」

因爲小匠打擾了小結跟奶奶說話，所以她有點不高興地瞪著小匠。

「嗯，我國語作業有點問題，想問妳一下……」

「有問題？什麼問題？你不會寫嗎？」

「對，差不多，反正妳來房間一下啦。」

「真是的！要我教你的話，就把作業帶過來啊！」

小結抱怨，小匠說：「好啦，好啦」，就把頭縮回去。

「我去一下就回來哦。」

小結沒辦法，只好把奶奶留在和室，走出去。

他們房間的門是關著的，先回房間的小匠過於周到地關好門。

小結和小匠使用同一個房間，他們約定好，誰比較晚進房間，一定要敲門後再進去，不過，小結不管這個規則，粗魯地打開門。

小結原本打算抱怨說：「喂，幹嘛把門關起來！是你自己來叫我的……」，結果，打開門，她只說了「喂」之後，就愣住了。

「呦，我可愛的外甥女。」

戴著漁夫帽的夜丸叉舅舅在床上跟她揮手。

「不會吧……我是不是在做噩夢啊……」

小結說，突然驚覺，趕忙關上門。

「可是舅舅說想要見奶奶一面，不過我還是覺得別這麼做比較好。」

小匠一本正經地對小結說。

在關起門的房間裡，小結再次抬頭看著夜丸叉舅舅，又說了一次：「不會吧……」

有五團藍色的火球，圍繞在舅舅的帽子旁邊飛來飛去。

「爲什麼？爲什麼要帶鬼魂來？」

「這不是鬼魂，這是狐火。」

舅舅在漁夫帽子下傻笑回答。

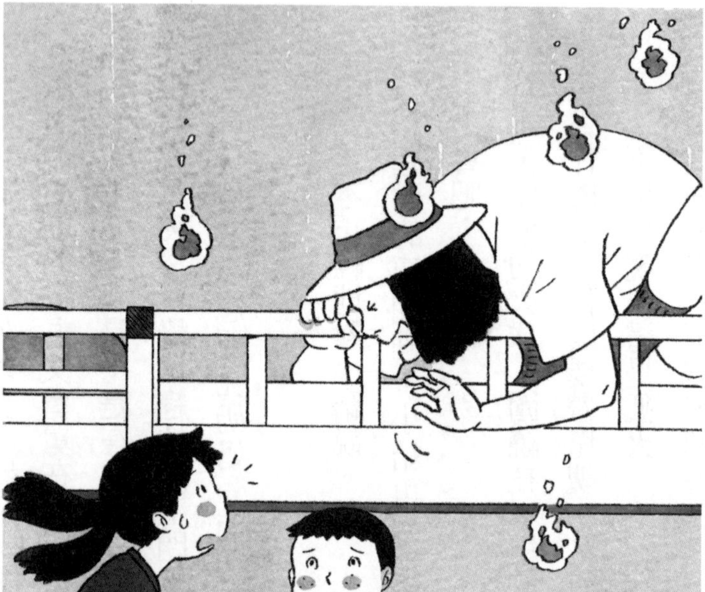

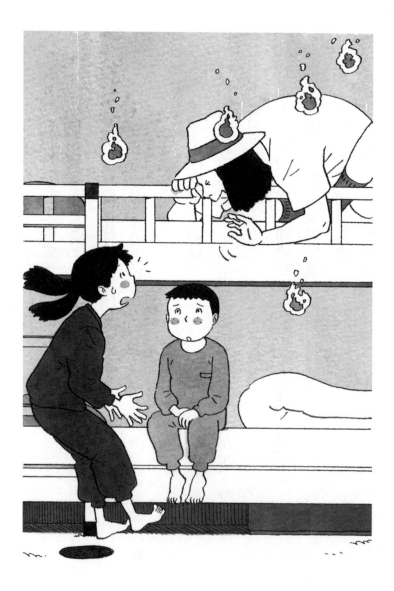

在這個時候，小結才終於搞懂瀰漫在房裡濃濃的甜味是什麼。

「舅舅，你喝醉了哦？是不是喝酒了？」

「因爲我去參加白狐族的趴踢，這個狐火就是趴踢的賓果遊戲獎品，我得到第三名。」

「爲什麼白狐族總是在辦趴踢！爲什麼賓果遊戲都發一些無聊的獎品?!不要把這種獎品帶來我們家！」

「不要生氣嘛，妳看，狐火可以這樣哦！」

舅舅說完後，彈了一下手指，沒想到那五團狐火圍成一個圈，開始在舅舅的頭上跳舞。

「還可以這樣哦！」

舅舅又彈了一下手指，狐火立刻排成一列，往小結那裡去。

小結猛然抓住飛到自己的眼前的狐火，狠狠地往舅舅的臉扔過去。

「舅舅！你不要鬧了！你喝醉了，還有火團在頭的旁邊飛，這樣你還能跟奶奶打招呼嗎？如果你真的去見奶奶，媽媽會大發雷霆的！」

「妳很囉嗦耶，我沒有喝醉，你們奶奶難得來，我只是要跟她說聲『妳好』，都不行嗎？我堅持要去打招呼！現在就要去見你們奶奶！」

「啊！」小匠小聲地叫了一聲，指著夜叉丸舅舅。看到小匠睜大眼睛的樣子，小結和舅舅都緊張地大吃一驚。

「舅……舅舅，你的尾巴……尾巴跑出來了……」

小匠用顫抖的聲音這樣說的瞬間，在床上的夜叉丸舅舅突然消失了。

對狐狸族來說，再沒有比變身成人類時，尾巴居然跑出來，更爲失態、丟臉的行爲。

「呼——」小結大大地嘆了一口氣。

「……太好了，他沒有那樣出現在奶奶面前……幸好你有看到舅舅的尾巴。」

小匠笑了，聳聳肩。

「我亂說的啦，我沒有看到他的尾巴，可是，如果不那樣說，舅舅不會消失的，不是嗎？姊姊，妳也稍微用一下頭腦吧。」

弟弟自得意滿地說，然後打開房間的窗戶，小結只是愣愣地看著他。敞開的窗戶進來了寒冷的空氣，和夜晚即將來臨的氣息。

那天晚上，平安無事的，小結手上的封印戒指也掉下來了。

隔天早上，奶奶要坐十點多的電車。小萌聽到奶奶要回去了，一早就慢吞吞，說什麼不要去幼稚園。放學回家後，小萌看到空蕩蕩的和室，還哭了一下。

雖然如此，第二學期的最後一週，一如往常地忙碌，終於，來到了耶誕夜的星期六。

今年很幸運，二十四日是星期六，所以星期五小結的小學就舉行結業式，寒假比以往還要早一天放。

在耶誕夜早上的餐桌上，媽媽說出讓人意外的話。

「小萌，奶奶給妳的那個稻草人可以給媽媽嗎？」

大家驚訝地看向媽媽。

「媽媽要做什麼？妳有想要詛咒的人？」

小匠開玩笑地問，媽媽一臉認真地搖頭。

「怎麼可能，我想到一件事。

那個鏡子還是不好就這樣放在壁櫥裡，總覺得有點危險。等等池塘的守護神忽然又想找爸爸到鏡子裡去，不只是爸爸，如果小結、小匠，還是小萌被關到鏡子裡去，那就糟了。」

媽媽這樣說，三個孩子面面相覷。

媽媽繼續說。

「所以，爲了避免這樣的事情，我想讓那個稻草人當替身，送到鏡子裡去。也就是讓那個稻草人代替大家到鏡子裡。這樣一來，池塘守護神就不是一個人了。」

「嗯，也就是代替我們，讓那個稻草人去當池塘守護神的朋友。」

小結疑惑地側頭說。

「可是，池塘守護神會想跟稻草人做朋友嗎？他又不是小萌……」

「稻草人不是以稻草人的樣子送進鏡子裡，而是變成人類的小孩。那個稻草人是特地用來當替身的特別稻草人，所以可以變成人類的小孩。將它變成人類的小孩，送進鏡子裡，就可以跟池塘守護神玩。幾十年，幾百年……」

媽媽停了下來，看著大家，最後看著小萌。

「如何？小萌，可以把那個稻草人送給池塘守護神嗎？這樣一來，池塘守護神就可以跟那位朋友一起在鏡子裡生活，兩個人一起游泳、聊天……而且，他們倆還可以一起看蟬的羽化耶。」

大家的視線集中在小萌身上。因爲大家都看著她，小萌想展現出自己慷慨的一面。

「好啊。」

小萌有點緊張、鄭重地點頭。

「那個稻草人可以送給池塘守護神哦。因爲今天是耶誕夜啊。」

於是，寒假的第一個星期六，信田家一家人帶著雙面鏡和稻草人，再次開車去元祿池。

在池塘邊，媽媽完美地擺出雙面鏡與水鏡的位置，三面鏡子連結成一個正三角形，大家全站在後面，以免不小心走進那個三角形裡。

接著，媽媽念念有詞地唸咒語，對稻草人吹氣好幾次，多次用手指撫摸它。終於，在大家的注視下，最後媽媽將稻草人丟往元祿池的水面。

稻草人離開媽媽的手，在空中成拋物線，通過三角形的中心，就要掉進元祿池的水面，不過，在稻草人碰到水的瞬間，稻草人不見了。

它不是沉入水中不見，因爲並沒有濺起任何水花，水面上就連漣漪也沒有，就像鏡子一樣寧靜。

稻草人不見了。在大家的眼前，或許它越過了這邊世界和那邊世界的界線，到鏡子裡去了。「三島他們在美國草原的池塘排列鏡子時，應該也發生過像現在的情況吧……」

爸爸緊盯著池塘說，媽媽點點頭。

「應該是吧。三島也看到了池塘守護神，不過，雖然他看到了，但不知道他是否曉得那個孩子是池塘守護神……

我猜想，當三島他們設下陷阱要抓池塘守護神時，他是想要跳進池塘裡，卻被關進了鏡子裡。」

「就是他跳進池塘裡，卻意外發展成有小孩掉進池塘沒有浮起來的傳言，或許是這樣……」

爸爸小聲地說，小匠聽到了。

「那個稻草人到鏡子裡去了嗎？到池塘守護神那裡了嗎？」

小萌緊緊抓住爸爸的手，問正緊盯著水面的媽媽。

「是啊，現在他一定在美國草原的池塘邊，在跟池塘守護神說話。小萌，妳給了池塘守護神一個最棒的耶誕禮物哦。」

媽媽溫柔地笑，摸摸小萌柔軟的頭髮，小萌高興地對著池水大喊：「耶誕快樂！」

「耶誕快樂！」

「耶誕快樂！」

受到小萌的影響，大家跟著這樣喊，此時，一陣風吹來，池水濺起水花，就像在回應他們似的，水面波光粼粼。

「好了，我們回家吧。要準備大餐囉，今天晚上有耶誕趴踢哦。」

「沒錯，回家囉。」

爸爸邊收鏡子邊說。

「爸爸。」

往車子走的路上，走在爸爸旁邊的小匠說。

「我之前在叢林溫泉看到的風景，說不定那不是過去，而是未來的景象。」

「欸？怎麼說？」

爸爸不懂他的意思，疑惑地問。

「就是啊，我想，那時的時光眼不是看到爸爸小時候的情景，而是看到以後發生的事。

也就是說，池塘守護神是在跟新朋友一起看蟬，現在，池塘守護神一定正跟新朋友兩人屏氣凝神，看著蟬脫殼而出。

你不覺得是這樣嗎？」

爸爸暫時沉默，一直看著兒子。然後，突然伸出手搓揉小匠的頭髮，用力點頭。

「啊，沒錯，你說得沒錯。

在幾十年、幾百年都不會變的夏天裡，亨利一定和那個孩子兩人一起生活著，因爲他再也不是一個人了。

在永遠不變的夏天裡，跟永遠會在的朋友，永遠，永遠在一起……

……」

兩人已經走到停車場，收好雙面鏡，爸爸關上後車箱，看著走在後面的媽媽她們，把手放在小匠的肩上。

小匠和爸爸兩人身體緊靠，小匠抬起頭問爸爸。

「爸爸你曾經有想過不要長大比較好嗎？如果再早一點，例如爸爸還是小孩子的時候，池塘守護神找爸爸去的話，會如何？你就可以在鏡子裡，永遠當小孩欸。」

「我從來沒這樣想過。」

爸爸俯視小匠，驚訝地回答。

「爸爸從來沒想過不要長大比較好。因爲，如果不長大，就不會遇到小匠、小結和小萌了。不管是爸爸，還是小匠，可以活在這個時間會流動的地方，是很幸運的哦。被關在不會流動的時間裡，那是多麼痛苦的事……你呢？你會不想長大嗎？」

「嗯……」小匠思考著。

「一半一半吧。因爲不想被人家說『快去寫作業』，就會很想趕快長大；不過，放暑假的時候，就會覺得當小孩比較好。」

「嗯，這種感覺相當正確。」

爸爸點頭一笑時，媽媽她們終於走到停車場。

「好了，回家吧！回我們的家！」

媽媽看著大家，高聲說。

「耶誕老公來了嗎？耶誕老公公會給小萌禮物嗎？」

小萌歡欣雀悅、忐忑不安、又有點開心地抬頭看天空，天空有很多雲，好像就要下雪了。

打算進入車裡的爸爸，再次靜靜地看著元祿池的水面。

宛如一面大鏡子的池塘，滿是淺灰色的水，光滑閃亮。

涼颼颼的風吹過池塘，爸爸縮起脖子的那一刻，似乎聽到元祿池水鏡之門的另一邊，傳來孩子們的笑聲。

高興、愉快、興奮、鬧翻了的笑聲，聽到兩個孩子的聲音時，爸爸突然睜大眼睛。

「怎麼了？」

坐進副駕駛座的媽媽，隔著車門，抬起頭看爸爸，納悶地問。

「……」

「爸爸！快點開車！」

「趕快發動車子！我快要冷死了！」

「爸爸！我好餓哦！」

後座傳出孩子的聲音，讓爸爸回過神來。

從停滯不動的遙遠夏日，回到不斷流逝的時間中。

「沒……沒事。

我只是在想，不知道亨利喜不喜歡那個耶誕禮物……」

爸爸回答，對媽媽露出微笑，然後，就像要躲避寒冷空氣似的，溜進駕駛座。

——掰掰，小一——

聽到亨利的聲音了。

**掰掰，亨利**。

爸爸在心裡說，轉動鑰匙，發動引擎。原本停在停車場角落的車子動了起來。

車子往前走，離開波光粼粼的淺灰色元祿池。

回到充滿耶誕節歡樂氣氛的街道上，正在回家的路上。

# 後記

信田家的故事已經進入第三集。在寫故事的時候，我一直很想寫爸爸的親戚。媽媽的親戚是狐狸，不管會不會給別人帶來困擾，總是在信田家進出，那麼，爸爸的親戚又是如何呢？是不是有跟狐狸親戚來往？——像這樣的疑問不斷冒出來。就如同媽媽的老家有家人，爸爸的老家也有他的家人，爸爸跟他們的關係如何，信田家的故事發展，是不可能跳過這個問題的。

爸爸的父親和母親，在古老的門前町過著平靜的生活，是極為平凡的人。像這樣的人如果知道媽媽的真實身分，一定會嚇一跳，而且無法接受，因此，當然不能讓門前町的爺爺和奶奶知道信田家的祕密。於是，要瞞過那兩人，必需想方設法，要編造出媽媽的故鄉——也就是說，媽媽的故鄉不是狐山，而是天山村，娘家是在製藥的藥房——這段故事當然從頭到尾都是假的，不過，真的有天川村這個地方，它位在奈良的南部，在大峰山修行道的總本山入口處，是一個如鑽石般的美麗村莊。那裡實際上也有生產「陀羅尼助丸」這種祕方藥，很多修行者都會買。

這次，還是好不容易才沒讓媽媽的身分曝光，但是，門前町的奶奶不是一般人。我自己在寫故事的時候，也不太清楚：「奶奶是真的沒留意到嗎？還是，她其實已經看穿了，只是假裝不知道而已？」

即使爸爸的雙親已經出場了，可是，還有疑問尚未解開，人類爸爸和狐狸媽媽一開始是怎樣相遇、結婚的。長大成人的爸爸跟媽媽求婚，是很久以前的事了。其實，據說爸爸在少年時就已經遇見過媽媽了。那是爸爸在十一歲暑假的奇遇哦——敬請期待續集。

富安陽子

# 人狐一家親

## 富安陽子 著
## 大庭賢哉 繪

### 雲龍與魔法果實

人類爸爸與狐狸媽媽還有人狐混血的三個孩子奇幻冒險故事，在每日都守護著家庭祕密的信田一家裡，小小的龍突然闖了進來……

### 樹之語與石封印

因擁有人狐混血的信田家三個小孩，和人類朋友意外跳躍進了另一個時空，那裡的人都被石化封印了！

### 鏡中的祕密池

奶奶送來的雙面鏡頻頻出現異常景象，緊接而來出現的危機與怪異現象是否都和這個神祕的雙面鏡有關呢？

### 神祕森林驚魂夜

封閉的森林、詭異的魔怪傳說，這回時光倒回到爸爸和媽媽相遇的那一夜，因為夜叉丸闖下的禍，他們被囚禁在靜止的時空裡……

### 時光彼岸的人魚島

為在南島的飯店，向信田一家發出了邀請函，為什麼信田一家會受邀呢？關於這座島嶼的人魚傳說，真相究竟為何呢？

蘋果文庫 148

# 人狐一家親 3 鏡中的秘密池

## シノダ！鏡の中の秘密の池

填回函，送 Ecoupon

| | |
|---|---|
| 作者 | 富安陽子 |
| 繪者 | 大庭賢哉 |
| 譯者 | 謝晴 |
| 編輯 | 呂曉婕 |
| 企畫編輯 | 郭玟君 |
| 封面設計 | 鐘文君 |
| 書名字體 | 黃裴文 |
| 美術編輯 | 黃偵瑜 |
| 文字校潤 | 許芝翊、趙國富、蔡雅莉、呂曉婕 |
| 創辦人 | 陳銘民 |
| 發行所 | 晨星出版有限公司<br>台中市 407 工業區 30 路 1 號<br>TEL:(04)23595820　FAX:(04)23550581<br>E-mail:service@morningstar.com.tw<br>https://star.morningstar.com.tw<br>行政院新聞局局版台業字第 2500 號 |
| 法律顧問 | 陳思成律師 |
| 初版日期 | 西元 2012 年 11 月 15 日 |
| 二版日期 | 西元 2023 年 7 月 15 日 |
| 讀者服務專線 | TEL:（02）23672044 /（04）23595819#212 |
| 讀者傳真專線 | FAX:（02）23635741 /（04）23595493 |
| 讀者專用信箱 | service@morningstar.com.tw |
| 網路書店 | https://www.morningstar.com.tw |
| 郵政劃撥 | 15060393（知己圖書股份有限公司） |
| 印刷 | 上好印刷股份有限公司 |

**定價 280 元**

ISBN 978-626-320-512-3

國家圖書館出版品預行編目資料

人狐一家親3 鏡中的祕密池 / 富安陽子著；大
庭賢哉繪；謝晴譯. －－ 二版. －－ 臺中市：
晨星出版有限公司，2023.07
面；　公分. －－（蘋果文庫；148）

譯自：シノダ！鏡の中の秘密の池

ISBN 978-626-320-512-3（平裝）

861.596　　112009037